古典詩歌研究彙刊

第三三輯

龔鵬程　主編

第 4 冊

蘇軾神仙吟詠詩的
文學意涵與價值（上）

鄧　瑞　卿　著

國家圖書館出版品預行編目資料

蘇軾神仙吟詠詩的文學意涵與價值（上）／鄧瑞卿 著 -- 初
版 -- 新北市：花木蘭文化事業有限公司，2023〔民 112 〕
目 2+142 面；17×24 公分
（古典詩歌研究彙刊 第三三輯；第 4 冊）
ISBN 978-626-344-210-8（精裝）
1.CST：（宋）蘇軾 2.CST：宋詩 3.CST：詩評
820.91   111021851

ISBN-978-626-344-210-8

9 786263 442108

古典詩歌研究彙刊
第三三輯　第四冊　　　　　ISBN：978-626-344-210-8

蘇軾神仙吟詠詩的文學意涵與價值（上）

作　　者　鄧瑞卿
主　　編　龔鵬程
總 編 輯　杜潔祥
副總編輯　楊嘉樂
編輯主任　許郁翎
編　　輯　張雅淋、潘玟靜　美術編輯　陳逸婷
出　　版　花木蘭文化事業有限公司
發 行 人　高小娟
聯絡地址　235 新北市中和區中安街七二號十三樓
　　　　　電話：02-2923-1455／傳真：02-2923-1452
網　　址　http://www.huamulan.tw 信箱 service@huamulans.com
印　　刷　普羅文化出版廣告事業
初　　版　2023 年 3 月
定　　價　第三三輯共 8 冊（精裝）新台幣 16,000 元　　　版權所有‧請勿翻印

蘇軾神仙吟詠詩的文學意涵與價值（上）

鄧瑞卿　著

作者簡介

鄧瑞卿

學歷：淡江大學中國文學學系文學博士

經歷：新北市立明德高中教師

本論文流轉於六載的時光裡，二千多個日子以來，穿梭奔馳於工作、學業與家庭並俱，實屬不易。要感謝的人太多，有親愛家人的支持與鼓勵，有同事好友們的旗鼓加油，最重要的還是恩師傅錫壬教授的悉心提點與指導，讓我圓夢達陣，完成了這份「放」與「曠」的執著。

研究蘇軾主題的作品，多如星辰。本論文以蘇軾「神仙吟詠詩」為題，從其詩作中爬梳剔羅，整理歸納並論述。本文僅此對蘇軾研究的開端，願能執起鏗鏘之筆，開啟蘇學之扉頁，悠遊於「蘇海」之域，再次感動於其人其事的溫度，啟動時空交換器，希冀悟得「也無風雨也無晴」的人生智慧與涵養。

提　　要

本論文以蘇軾神仙吟詠詩為題，探討以神仙思想為核心，詮釋其文學意涵與價值。蘇軾的經歷，時而朝廷要員、時而外任派職、時而荒所貶臣，不同人生試煉，成就詩人多元思維的觸角。幼時啟蒙儒家教育，乃有「奮厲有當世志」，後濡染道家道教的神仙思想，仰慕學道求仙。尤其桑榆晚景，流徙嶺南、海南氤氳瘴癘之處，內心激動或沉靜，然神仙世界的美好，提供了洗滌心靈的歇息平台。

蘇軾健筆靈活，揚長避短，開創神仙文學的視框。追求仙人逍遙自由，追求洞天福地的清幽，以己身為丹爐，凝聚精氣神，使元氣飽滿。守一行氣的專注，煉就神仙長生的養生要訣，握固、閉息、內觀，「納心丹田，調息漱津」以助真氣周行全身。他藉以神仙吟詠的方式，學仙人的清靜簡約，遠離塵囂世網，鄙棄富貴名利；學龜息吐納，效仿仙人「以術數延命」之方，以達長生目的。

蘇軾假以神仙吟詠之作，建構神仙意象，書寫真性情，因應境遇變化與時勢綰合，用文學反映人生。並結合文學藝術與宗教信仰，發揮遐思與想像，讓蓬萊、昆侖的仙境色彩靈現，豐富仙學文化的內蘊，提振養生道學的興發。蘇軾以神仙的論調，融匯儒釋道精粹，理出自我人生的大格局。同時，對生命的尊重，發揚自然與人文的精神，使仙學文化與藝術美學，並蒂開花。

第一章　緒　論

一、研究目的

　　戰國以降之神仙信仰，發展至宋代，已蓬勃熾盛，形成民間宗教文化的風潮。蘇軾在此潮流之薰染下，自然其文學創作，亦受其影響。蘇軾嘗以「玉堂仙」[註1]自稱；金元好問亦以「坡仙」讚其文采。[註2]此皆以神仙思維之視角，宏觀其詩作。尤其蘇軾一生仕途顛沛，藉神仙吟詠以提升心靈世界，滌慮雜思俗念。本論文即嘗試從蘇軾之神仙思想、人生態度等觀點，探討蘇軾神仙吟詠詩之創作背景，窺其內心世界之幽微與豁達，並詮釋其詩作之文學意涵與價值。

　　神仙信仰為道教的主要思想核心，其觀念和形象深具啟發性，刺激了文學創作的效益。誠如葛兆光所云：

　　道教是以神靈救贖為主的一個宗教，為了宣揚神跡，樹立神

〔註1〕〈舟行至清遠縣，見顧秀才，極談惠州風物之美〉：「到處聚觀香案吏，此邦宜著玉堂仙。」見（宋）蘇軾著，王文誥輯註，孔凡禮點校，《蘇軾詩集》〈舟行至清遠縣，見顧秀才，極談惠州風物之美〉（臺北：莊嚴出版社，1990年10月），卷38，頁2064。以下引註於《蘇軾詩集》之詩句，則僅標註詩名、卷數及頁碼。

〔註2〕〈奚官牧馬圖息軒畫〉詩：「奚官有知應解笑，世無坡仙誰賞音。」見（金）元好問撰，葉慶炳、黃啟方、包根弟、林明德等編輯：《元好問研究資料彙編上輯·遺山集》（臺北：文史哲出版社，1990年12月），卷4，頁203。

─ 1 ─

權，道教經典常常就用盡其所能及的想像或幻想，盡其所能
有的綺語和麗詞來反覆重疊地描寫仙境、仙人美妙，鬼怪、
陰間的恐懼，在繁富鋪張這一點上很像漢代的大賦。〔註3〕
宋代則道教盛行，上至帝王的崇拜甚或迷信，大肆建築道觀，重視道
士的封號、賜額，提升地位及政朝席次，推動道書系統的編纂著錄及
大量印製道書；下至庶民對神仙信仰和祠神信仰的傳播影響。蘇軾自
幼濡沐在道教的啟蒙教育，使其一生行游仕隱間的矛盾，仍有一盞明
燈指引。蘇軾運用神仙吟詠的方式，修養存真的生活態度，臻近神仙
仙境的清幽寧靜，隔絕俗外紅塵的紛擾是非，讓心靈臻於澄明。

　　蘇軾提倡詩藝的獨創性，以神仙吟詠的創作風格而多變，使詩風
姿態橫生，千變萬化，呈現文學作品的多樣生動性。蘇軾健筆靈活有
致，揚長避短，結合自己豐富經歷，開創神仙文學的視框，追求仙人
逍遙自由，追求洞天福地的仙境清幽，修煉以己身為丹爐，凝聚精氣
神的元氣飽滿，秉持守一行氣的專注，煉就神仙長生的養生要訣，握
固、閉息、內觀，「納心丹田，調息漱津」〔註4〕以助真氣周行全身，
重視養性延命之術。

　　雖然歷代研究蘇學之學者繁多，本論文希望能透過蘇軾神仙吟
詠詩作為主題，藉以探索蘇軾創作心靈的藝術美及蘊含的時代價值，
並賦予現代精神意境上的啟示及迴響，得以涵養出曠達的氣度及生活
美學的藝術觀，則是本文深耕的目的。

二、研究範圍

　　本論文，以清王文誥輯註，孔凡禮點校《蘇軾詩集》，以及清馮應
榴輯注，黃任軻、朱懷春校點《蘇軾詩集合注》的詩集為研究底本。

〔註 3〕葛兆光：《中國宗教、學術與思想散論》（香港：三聯書店（香港）有
　　　　限公司，2008 年 10 月），頁 24。
〔註 4〕蘇軾：《蘇軾文集》〈養生訣上張安道〉（北京：中華書局，2013 年 7 月），
　　　　卷 73，頁 2335。以下引註於《蘇軾文集》之文句，則僅標註篇名、
　　　　卷數及頁碼。

　　考查詩集收錄之兩千餘首詩為研究範圍,從中蒐羅攸關神仙吟詠性質之作品,爬梳論析。針對之問題有四:

第一、蘇軾神仙吟詠詩的形成背景及其發展體系。

第二、蘇軾神仙吟詠詩與宋代宗教文化之關聯及其影響。

第三、蘇軾如何藉由神仙吟詠詩之創作,以撫慰仕途失意之心靈。

第四、探討神仙吟詠詩的文學意涵及其文學價值。

　　蘇軾神仙吟詠詩的題材創作,對現代影響是一種文化延伸與深究。它增強了文學的延展性,創作主體藉託諷喻更有寄託情志的意識,投射對現實環境的不滿與抗議,假以道家道教的神仙色彩,傳遞人們渴望真自由、真和平相待對等的訊息,即可達到離世脫俗的情境。因此,神仙文化的藝術流傳,確實在文學創作上不自覺地給予人們無限遐思與幻想,在傳統文化與情感思維的啟示下,打破現實與非現實的界線隔閡,將神仙境界中空靈美感,透過文學創作,呈現最美的生命力及文學肯定的價值觀。

三、研究方法

　　本論文以蘇軾神仙吟詠詩作為主軸,參酌北宋內丹學與道教仙學文化為輔,希望從詮釋的視角,探討蘇詩為何以吟詠神仙的方式,渡過他起伏的仕途?畢竟他的經歷,時而乘龍上天睥睨群雄,忽焉躬履塗泥,蒼髯風霜,實非常人所忍。詩人透過生活上歷練,轉化為詩的語言,滋養其思想與情感。是故,本論文研究方法,乃採文獻探究法。

　　凡是作品之創作,必有所本,需與其相關文獻進行探考研究。本文文獻探究擬從三部分著手進行:(一)檢視蘇軾文獻資料,(二)道教仙學之神仙文獻,(三)內丹養生學之文獻,從典籍文獻探索蘇軾神仙吟詠詩之創作,建構完整的文理脈絡系統。

(一)檢視蘇軾文獻資料

　　如元脫脫《宋史本傳》、宋朋九萬《東坡烏臺詩案》、宋傅藻《東

坡紀年錄》、宋王宗稷《東坡先生年譜》、宋施宿《東坡先生年譜》、清
查慎行《東坡先生年表》、清王文誥《蘇文忠詩編註集成總案》以及蘇
轍〈墓誌銘〉等。尤以孔凡禮撰《蘇軾年譜》紀實蘇軾一生行誼及紀
述《詩集》、《文集》、《佚文彙編》、詞作等相關文學作品出處時間。凡
與蘇軾相關的人事物，均有詳實考察。

　　蘇轍〈墓誌銘〉文中對其兄長個性人品、施政理念、在朝在野
政績、讀書著作等，深切追思懷念。透過其流徙足跡，從外任州郡
官投入地方建設的熱情，深具民胞物與的情懷；執著於讀書著書的
嚴謹；豁達閒適的生活哲學，予以相當地肯定讚佩。因此，研究蘇
軾相關作品，務從史書本傳及年譜年表，探究生平經歷以及人格風
格之評價。

　　本論文取材所據之文本：詩集以《蘇軾詩集》，蘇軾著，清王文
誥輯註，孔凡禮點校，臺北莊嚴出版社，一九九〇年十月初版本為
主，共四冊。另以《蘇軾詩集合注》，蘇軾著，清馮應榴輯注，黃任
軻、朱懷春校點，上海古籍出版社，二〇一六年三月第七次印刷本為
輔，共六冊。詞集是《東坡樂府箋》，蘇軾撰，龍榆生校箋，臺北華正
書局，一九八三年八月初版本；《東坡樂府編年箋注》，蘇軾著，石聲
淮、唐玲玲箋注，臺北華正書局有限公司，二〇〇五年九月三版一刷
本，各一冊。文集是《蘇軾文集》，蘇軾撰，明茅維編，孔凡禮點校，
北京中華書局，二〇一三年七月第九次印刷本，共六冊。全集是《蘇
東坡全集》，蘇軾撰，臺北世界書局，一九九八年年六月初版八刷本，
共上下二冊。

（二）道教仙學之神仙文獻

　　神仙信仰是道教的基本信仰。神仙信仰是「由神仙、仙境和成仙
方術三方面組成。」〔註5〕神仙信仰追求是個人的長生久視，對自然

〔註 5〕道教是一種多神教，是以信仰「三清」為力主神的多神教。道教龐大
　　　的神團體系，如三清、四御、東王公、西王母、彭祖、廣成子、黃帝、
　　　張天師、八仙、五祖七真、土地、城隍等等。美好的仙境，如三十六

萬物的體悟，對列祖先賢的景仰，對陰曹鬼神的畏敬，這些都是透過個人的修為煉養以求達到美善的理想，能得道成仙，無憂無慮，不為物役，過著快樂逍遙的神仙生活。因此，欲步隨神仙仙履、嚮往神仙，修煉之術成為重要途徑。

如南朝梁陶弘景《真誥》二十卷，所言：「皆仙真授受真訣之事」〔註6〕，是為道教上清派的要典。唐呂嵒（呂洞賓）《呂祖全書》三十二卷，收錄於《藏外道書》第七冊。呂洞賓師承正陽子鍾離權，為宋元時期內丹學的肇啟者。《呂祖全書》以內丹修煉為正統。鍾離權與呂洞賓成為鍾呂派，《鍾呂集道集》問世之初，即倡導內丹修煉之法，循序漸進依時煉養，能元氣飽盈，體輕如飛，貌色光澤，目視百步之遙仍見秋毫之木，必然達到真仙之境。

《道藏》叢書，是一部彙編大量道教經籍典冊，按照一定的編纂程序、收藏的組織結構及範圍，收藏許多道教經典編纂而起。《道藏》收藏的典籍廣泛，有道教典籍論述、方術科儀、仙傳道史、醫學養生、天文經史等各家典籍，也有中國古代科學科儀等著作，是探究道教原典的依據；是研究傳統文化菁華的珍貴文獻資產。本論文參考的版本有二：其一為一九六二年由臺北藝文印書館印行的《正統道藏》，共計四百冊。另為一九八八年由上海書店出版社編輯的《道藏》共計三十六冊附索引一冊。

當今撰述道教神仙相關議題的專書，如張志堅編著《道教神仙與內丹學》、胡孚琛《魏晉神仙道教──《抱朴子內篇》研究》、鄭素春《道教信仰、神仙與儀式》、范恩君《道教神仙》、孫亦平《道教的信

天、三島十洲、洞天福地等，共同構成了道教理想的世界。以內丹學為核心的成仙煉養體系是通向成仙道路的最重要的橋梁和紐帶。此三者的有機結合，奠定了道教存在的基石，充分表現了道教自身的特色。見張志堅：《道教神仙與內丹學》（北京：宗教文化出版社，2003年11月），頁3。

〔註6〕（南朝梁）陶弘景撰：《真誥二冊》《欽定四庫全書提要》（臺北：臺灣商務印書館，1965年12月），頁1。

仰與思想〉、高莉芬《蓬萊神話：神山、海洋與洲島的神聖敘事》等，都有論述神仙的意涵、由來與仙境，神仙思想的源流與歷朝神仙觀的發展與影響，都是作為本論文參考之重要文獻。

（三）內丹養生學之文獻

北宋內丹學興盛崛起，形成道教養生哲學組成的重要部分，講究不假求外力因素如服食丹藥，而是靠己身修煉為主體，以精、氣、神為要素，人體天賦已備存，需靠後天修煉涵養以成。如唐梁丘子《黃庭經》，指的是《太上黃庭內景玉經》和《太上黃庭外景玉經》結合了宗教思想與醫學養生相雜揉的著書。書內容用韻語描繪身體五官、五臟、六腑及全身八景諸神。內為心，景為象。保持身體虛靜，存思內外景象，相應於諸神，能守精煉氣，盈滿黃庭即腦中、心中、脾中，行之久矣則臻於長生之道，乃為學仙要術。

北宋張伯端《紫陽真人悟真篇三注五卷》、《玉清金笥青華秘文金寶內鍊丹訣三卷》等內丹專論的重要著述。北宋張君房輯《雲笈七籤》，為道教叢輯，全書共一百二十二卷。主要內容有道教的教理教義、本始源流、經法傳授、秘要訣法、諸家氣法、金丹、方藥等，後被收於《正統道藏》太玄部。收錄北宋以前道教文獻，助於瞭解道教概況、源流發展等寶貴的材料。

《黃帝內經素問》〔註7〕，是現存最早的中醫理論著作，內有陰陽五行說，貫徹樸素的精神。有統一整體觀，認為人體內部是統一的整體，不論大小組織都是相互聯繫，不可能獨孤的，認為整個人體都是永恆地在律動不歇止的運行。唯有永恆的律動，才能變化不息。透過這些內丹學連結醫學養生，除了煉丹行氣之外，凝聚精氣神與道合

〔註7〕《黃帝內經》一書，乃為中國現存最早的一部較為完整的醫學理論性大作。尤其，所闡發的內容，即為由陰陽五行思想發展的人與天地相應思想、臟腑學說、經脈學說、各種治療法則等，於中國醫學史上，則奠定鞏固的基礎。見趙容俊：〈早期中國醫學代表著作考察〉，《書目季刊》第48卷第3期（2014年12月），頁75。

一，強健身心靈，以達神仙化境。

除此之外，攸關與神仙信仰思想、道家思想、道教概說、中國道教史、道教哲學等均是重要的參佐考據文獻。其他研究文獻，諸如經學、史學、方志、詩話、思想史、文學史、諸家選集、神話史、神話學、神話仙話專著、養生醫學專著等著作，還有近代相關文論、詩論都列為本論文參考之文獻資料，以期進行深入論析。

本論文研究，除了單純文獻研究主體之外，且用統計量化方式，詳細開列神仙吟詠詩占蘇詩的創作比率，以俾了解神仙吟詠之創作，對蘇軾內蘊精神的涵養，能凸顯蘇軾神仙文學在歷史上的定位及影響力。

四、前人研究成績

研究蘇軾各類相關論文題材，大都以詩、詞、文賦、書畫等內容，作思想、風格、意象、美學、生活藝術等為論述範疇，然鮮少有研究蘇詩以神仙為主題內容，但因其思想多元多方，涉獵廣博，仍需考究相關領域之議題，今分類細項統整，利於撰寫之紋理，如下：

（一）專書

蘇軾思想多方，儒釋道融合薈萃。但其仕途波折再三，影響其創作，必然和其一生是相關的。目前研究蘇軾範疇，鮮少有關神仙吟詠詩的前人研究成果，大多是於篇章中部份提點論敘，並無整體完整地論述蘇軾神仙吟詠的體系，如有，則以鍾來因《蘇軾與道家道教》一書，質性較為接近。書中詳細寫出仕宦經歷，綰合生平歷史，呈現神仙思想之寫作背景與由來。

（二）期刊論文

研究蘇軾詩歌主題領域的作品，多如星辰，以神仙觀點詮釋之作，探討蘇軾神仙思維者，卻是屈指可數。從期刊論文中，爬梳相關議題的主題意識，如下：

1. 雷曉鵬〈却後五百年,騎鶴返故鄉——論蘇軾的道教神仙審美人格理想〉〔註8〕,此篇言蘇軾運用仙鶴的道教審美符號,傳達己志理想與追求,期盼煉丹有成,偕仙鶴翱翔,回歸至絕對的自由與無限美的故里,享受最大的快樂與幸福。

2. 程地宇〈神女:質疑與認同——蘇軾詩詞中巫山神女題材和典故體現的文化心態及其哲學根源〉〔註9〕,此篇論述蘇軾運用巫山神女的題材典故,呈現詩人的社會理想與文化精神的認同感。蘇軾本是性情中人,他用巫山神女的神話意象,張揚自然之理的哲學觀,體現從內在邏輯與理念的一致性。

3. 汪析瑜〈東坡詞仙鄉書寫析論〉〔註10〕,此篇檢視蘇軾詞仙鄉書寫,探析蘇軾心境、思想及寄託己志情懷。並將仙鄉仙境的特色區分為天空系統、神仙神話系統、他界系統等三大類,證明蘇軾游仙之作,實源自蘇軾內心世界的投射反應,烘托其處境與遭遇。

4. 林佳蓉〈宋代崇道風氣與詩歌創作初探〉〔註11〕,此篇言道教在宋代文人心目中,和儒佛一樣,深具重要地位。從政治社會與道教內部的發展,檢析宋人詩歌作品中受到道教的影響力。如蘇軾和陸游,都受到道教文化披靡,在字裡行間流露出羨慕神仙,做個能登遐輕舉飛天的神仙。道教提供知識分子有個心靈的棲身地,受挫後的避風港。

5. 高齡芬〈蘇東坡文學表現中的道家哲思〉〔註12〕,此篇以〈赤

〔註8〕 雷曉鵬:〈却後五百年,騎鶴返故鄉——論蘇軾的道教神仙審美人格理想〉,《中國道教》第6期(2002年12月),頁30～33。

〔註9〕 程地宇:〈神女:質疑與認同——蘇軾詩詞中巫山神女題材和典故體現的文化心態及其哲學根源〉,《重慶三峽學院學報》第18卷第1期(2002年),頁5～10。

〔註10〕 汪析瑜:〈東坡詞仙鄉書寫析論〉,《高雄科大文文社會科學學報》第10卷第1期(2013年7月),頁83～112。

〔註11〕 林佳蓉:〈宋代崇道風氣與詩歌創作初探〉,《宋代文學研究叢刊》第二期(1996年9月),頁167～191。

〔註12〕 高齡芬:〈蘇東坡文學表現中的道家哲思〉,《北台通識學報》第2期(2006年3月),頁134～142。

壁賦〉、〈超然臺記〉兩文，剖析蘇軾對道家老莊思想哲學的體悟。從對生命質疑的提出疑問「存在的悲感」、「物我的矛盾」發端，再從老莊哲學中尋得答案。最後悟得「超然物外」與「無分別」的智慧，消解了他個人的「存在的悲感」與「物我的矛盾」。

6. 姚華〈蘇軾詩歌的「仇池石」意象探析〉〔註13〕，此篇以「仇池石」物象的審美聯想，作出詩人歸隱之夢的寄託，是一種文人精神媒介及抒發己志情懷，帶有個人化的詩意情感，運用時空的條件中，「仇池」變成詩人的一種寄託理想的聖地。

7. 孫元璋〈崑崙神話與蓬萊仙話〉〔註14〕，此篇言崑崙神話與蓬萊仙話體系的形成與崛起，呈現出相異的特質與結構。說明崑崙神話的整合，主流是神話的歷史化，結合殷商時期的宗教信仰，是屬於同質同源的歷史存在。而蓬萊仙話的產生，是由燕齊方士們的宣傳，仙話對神話的融合，主要表現在對神話的改進，就是化神話的神祇為仙話的仙人。

8. 巨傳友〈東坡貶謫詩的意趣及表現特徵〉〔註15〕，此篇言蘇軾貶謫詩的意趣內含有：渴望與回歸自然的野趣，有富含生命意識的哲思理趣。論述蘇軾貶謫詩的表現特徵有：靈思妙悟、體物傳神、運思自由。突破宋詩框架，追求的是一種味外之味的意趣。

9. 林融禪〈蘇軾超曠之生命觀想及其內在實質析探〉〔註16〕，此篇言蘇軾超曠生命的內在本質。蘇軾的超曠生命是建立在多角視野，詮釋思考「人生如寄」。循此，發展出蘇軾強韌的生命力，賦予悲憫情懷與高度的人生智慧。

〔註13〕姚華：〈蘇軾詩歌的「仇池石」意象探析〉，《文學遺產》第 3 期（2016 年 5 月），頁 155～165。

〔註14〕孫元璋：〈崑崙神話與蓬萊仙話〉，《民間文學論壇》第 5 期（1989 年 9 月），頁 17～24。

〔註15〕巨傳友：〈東坡貶謫詩的意趣及表現特徵〉，《懷畫師專學報》第 21 卷第 1 期（2002 年 2 月），頁 50～53。

〔註16〕林融禪：〈蘇軾超曠之生命觀想及其內在實質析探〉，《文學前瞻》第 6 期（2005 年 7 月），頁 17～37。

10. 王曉莉〈微苦的曠達──淺析蘇軾非隱即隱的精神境界〉〔註17〕，此篇言蘇軾吸收融合各家思想元素，在人生最痛苦處保持曠邁心態，而達到精神歸隱的最高境界。此文從三個角度思索蘇軾的人生意境：負累→對人生思考；牽絆→不捨棄塵世；出路→精神歸隱。即便看似曠達瀟灑的詩人，實則隱含微苦的滋味，帶點淒涼自嘲，為了淡化消解生活上的苦悶。

11. 薛姍〈論蘇軾曠達與超脫的人生哲學〉〔註18〕，此篇敘述蘇軾的人生哲學，表現在外任與貶謫時期，從黃州時形成的通達，露出端倪。以曠達之思，解開理想與現實，出世與入世，仕與隱的矛盾癥結。詩人不讓外物所累，順應著老莊哲學，超脫世間苦楚，保真守一的人生態度。

12. 周先慎〈論蘇軾的人格魅力〉〔註19〕，此篇言蘇軾的人格魅力表現在：奮厲有當世志；忠言讜論，直而不隨；超然物外，曠達樂觀；與詩共著生命。探討詩人一生熱愛生命、熱愛詩歌，堅毅的戰鬥力及寶貴的詩魂詩膽。

以上所提敘期刊，有些雖非以神仙吟詠為主題，但涉及蘇軾思想、人格、生命價值觀等，對研究蘇軾神仙吟詠詩都作了重點式核心的連結論述，對撰寫本論文有指標性的參考價值。

（三）學位論文

1. 以神話、遊仙為主題研究

編號	撰者	論文題目	畢業學校	出版年月	備　註
1	盧曉輝	《宋代游仙詩研究》	南京師範大學碩士論文	2004年1月	此專著從游仙詩的角度，了解宋詩風貌與宋文化之變革。

〔註17〕王曉莉：〈微苦的曠達──淺析蘇軾非隱即隱的精神境界〉，《天中學刊》第 17 卷第 6 期（2002 年 12 月），頁 49～50。
〔註18〕薛姍：〈論蘇軾曠達與超脫的人生哲學〉，《文化論壇》第 5 期（2014年），頁 321～322。
〔註19〕周先慎：〈論蘇軾的人格魅力〉，《北京大學學報》第 39 卷第 2 期（2002年 3 月），頁 91～98。

2	李文鈺	《宋詞中的神話特質與運用》	國立臺灣大學中國文學研究所博士論文	2004年5月	此專著將神話特質運用在詞之創作，以創造流行與儀式功能與表象意識與神話色彩，作一連結論述。使超現實的神話浪漫美感，深化提升詞作意境，不僅是詞人作家的主觀意識，更已然成為人類象徵的載體。
3	陳雅娟	《蘇軾遊仙詩研究》	國立彰化師範大學國文研究所碩士論文	2006年7月	此專著探究蘇軾深層的心靈意識，從詩作中鏖出蘇軾遊仙詩變革創因，求其影響性與道教文學的連結價值。
4	江佳芳	《蘇軾詩歌神話運用研究》	國立政治大學國文教學碩士在職專班碩士論文	2010年7月	此專著歸納詩作，運用及轉化神話意象，呈現宋詩哲理風格，以神話抒發情感與超越困阨之情。
5	吳詩晴	《蘇軾詞中的遊仙意識探究》	國立新竹教育大學中國語文學系碩士班中文組碩士論文	2015年1月	此專著探討蘇詞中的游仙意識與心境上的蛻變，以尋繹詞人生命的體驗存在感。

2. 蘇詩中有論述崇道學仙部分之研究

編號	撰者	論文題目	畢業學校	出版年月	備　註
1	李慕如	《東坡詩文思想之研究》	國立臺灣師範大學國文研究所博士論文	1998年6月	第三章〈東坡詩文中道家道教思想之研究〉論述東坡體道淵源，一生崇道歷程，崇道活動，詩文中道家道教思想，詩文中仙道等議題，對蘇軾仙道觀、生命觀、隱逸出世觀以及攸關仙道之情、之理、之方、之境，均有詳細論述剖析。
2	姜聲調	《蘇軾的莊子學》	國立臺灣師範大學國文研究所博士論文	1999年6月	第五章〈蘇軾文藝中的莊子學（下）〉其中第二節出世觀，敘述隱逸成仙的觀念，

					符合了莊學達生與逍遙遊的義涵，成為詩人追求天人與道合一的途徑。
3	蔡孟芳	《蘇軾詩中的生命觀照》	國立政治大學中國文學系95學年度碩士學位論文	2007年7月	第四章〈蘇軾詩中對生命本質的思考與認知〉,從蘇軾的生命觀與生命本質思考的視角,論述養生以待變的觀點,由醫學、游仙與養生概念的增強，抱持對生命超然樂觀的態度。
4	楊方婷	《蘇軾文學作品中的「遊」》	國立清華大學中國文學系碩士論文	2007年7月	第二章〈傳統文學中的實境與形上之遊〉敘述心靈純然自由的神思之遊的審美活動進行重組、再造與化生。
5	王思齊	《生命定位與自覺書寫——蘇軾《和陶詩》研究》	國立清華大學中國文學系所碩士論文	2017年7月	第三章〈仙道思想與精神家園的追求〉,章節中論述蘇詩中與仙同遊，在死亡焦慮與苦悶心境的消解之道;〈和陶讀《山海經》〉組詩創作上，論述求仙慕道的反思與驗證;〈和陶桃花源〉一詩呈現心靈歸宿的建構。

尚有以詩作地域分期、分期理論、政治、情志、和陶詩、醫學養生、道教文化等為研究主題之博碩士論文，雖與本文研究神仙吟詠詩的主題較無直接關聯，但對蘇軾思想、人生態度、性格風貌、文化底蘊以及和陶精神，均具有相關論析之參考，有利於本論文各章節撰寫運思之用，仍具考查資料之價值。

其他諸多參考著作、專書、叢書、期刊等相關資料，於各章節援引所用，均列入篇末之參考文獻。在蘇軾神仙吟詠詩的研究向度，尚有極大發展的研究空間。奠基於適當的參考文獻，發掘前人所未研究的成果，彌補遺珠之憾及闕口，藉此檢視蘇軾神仙文學的藝術性，通過這些神仙吟詠詩的探討，對生命的尊重及對養生學的煉養，了解神仙文化對北宋知識分子的影響。透過神仙信仰的傳遞與文學的撰寫，希望能一窺蘇軾神仙吟詠詩的領域與研究深度。

第二章　蘇軾神仙吟詠詩的形成
　　　　　及其分期

　　蘇軾為宋代文學巨擘，他運用新穎多變的藝術手法，如活泉汩汩而流，締造不朽文學作品。蘇詩神仙題材的描寫，在時代政治神話〔註1〕的氛圍下，他醞釀神仙的氛圍，或言自然神物的莊嚴、或言仙界中的夢幻、或憧憬嚮往羅浮仙境的美妙。這些神仙素材之運用，凸顯了當時釋道風氣之熾，以吟詠神仙的方式傳遞一種對時代默然的抗爭。

　　本章節擬以蘇詩中如何以神仙吟詠方式，顯露詩人多元思想及生活哲學。在道教文化盛行的潮流，將神仙思想融入詩作。蘇軾欲藉求神仙思想之念在紛爭時局，有寄託寓意作用。神仙的美善，適當地煉養，讓己之心靈能超越、能放達，猶如神仙之境，試煉成道，掙脫塵網的桎梏。

第一節　「神仙吟詠」的義界

　　自有生民以來，人終朝有壽終盡期，求長生不死，成為人們追求

〔註1〕緯書政治神話是一種以神話形式表現出來的政治形態。在西漢末年，隨著漢政權向新莽政權的過渡，就其社會功能來說發生了從批判現實到維護和論政現實的轉移，即政治神話的性質可能發生過從理想合理性向現實合理性的轉變。冷德熙：《超越神話—緯書政治神話研究》（北京：東方出版社，1996年5月），頁246。

的目標。然神仙的產生，目的為「祈眉壽」。記載長壽的經籍，如：

《爾雅》曰：黃髮，齯齒，鮐背，耇老，壽也。〔註2〕

《詩經·豳風·七月》：以介眉壽。〔註3〕

《詩經·小雅·南山有臺》：遐不眉壽。〔註4〕

《詩經·魯頌·閟宮》：天錫公純嘏，眉壽保魯。〔註5〕

《說文》云：「眉，目上毛也。」〔註6〕又云：「壽，久也。」〔註7〕故眉壽指稱長壽之意，由長壽求長生，神仙於滋生焉。有了神仙思想後，便是人們極盡各式方法求長生不死，以晉神仙飛升逸游的化境。

一、「神」與「仙」的區別界定

《說文》對「神」與「仙」二字的註解，定義為：

「神」，天神。引出萬物者也。從示申聲。〔註8〕

〔註2〕 （清）阮元校勘：《爾雅注疏·釋詁第一上》《十三經注疏》（臺北：藝文印書館股份有限公司，2001 年 12 月），頁 9。

〔註3〕 「六月食鬱及薁、七月亨葵及菽。八月剝棗、十月穫稻。為此春酒、以介眉壽。七月食瓜、八月斷壺、九月叔苴、采荼薪樗。食我農夫。」眉壽，豪眉也。箋云：介，助也。既以鬱下及棗助男功，又穫稻而釀酒以助其養老之具是謂豳雅。見（清）阮元校勘：《詩經·豳風·七月》《十三經注疏》（臺北：藝文印書館股份有限公司，2001 年 12 月），卷第八之一，頁 285。

〔註4〕 「南山有栲、北山有杻。樂只君子、遐不眉壽。樂只君子、德音是茂。」眉壽，秀眉也。箋云：遐遠也。遠不眉壽者，言其近，眉壽也。茂盛也。見（清）阮元校勘：《詩經·小雅·南有嘉魚之什·南山有臺》《十三經注疏》（臺北：藝文印書館股份有限公司，2001 年 12 月），卷第十之一，頁 347。

〔註5〕 「天錫公純嘏、眉壽保魯。居常與許、復周公之宇。魯侯燕喜、令妻壽母。宜大夫庶士、邦國是有。既多受祉、黃髮兒齒。」箋云：純，大也。受福曰嘏許。見（清）阮元校勘：《詩經·魯頌·駉之什·閟宮》《十三經注疏》（臺北：藝文印書館股份有限公司，2001 年 12 月），卷第二十之二，頁 782。

〔註6〕 （漢）許慎，（清）段玉裁注：《說文解字》（臺北：南嶽出版社，1980 年 3 月），卷 7，頁 137。

〔註7〕 （漢）許慎，（清）段玉裁注：《說文解字》，卷 7，頁 402。

〔註8〕 （漢）許慎，（清）段玉裁注：《說文解字》，卷 7，頁 3。

「仙」，長生僊去，从人覂，覂亦聲。《釋名》曰：老而不死，
曰仙。仙遷也，遷入山也。〔註9〕

「神」與「仙」，一从「示」，一从「人」，一為天生萬能，另一乃後
天人為修煉致成，分屬兩個不同質性的世界。「神」，指神祇，包括天
神、地祇、地府神靈、人體之神、人鬼之神等，乃屬先天存在的真
聖。「仙」指仙真，亦即「仙人」和「真人」。《雲笈七籤‧洞玄靈寶定
觀經》云：「長生不死，延數萬歲，名編仙籙，故曰仙人。」〔註10〕從
《說文》典籍界定「仙」義，或指漢朝仙道文化的活動反映；或是源
於巫的舞蹈宗教儀式；或是本身就是上仙的仙人。對「長生僊去」的
概念而言，是一種封禪、祭天的宗教儀式，是行動的象徵方式。後期
發展衍化為崑崙、遊仙的神話，變成道教神仙的一種遊歷仙境的仙鄉
傳說。〔註11〕

中國人向以「神仙」並稱，兩者皆備超能力的現象。然由神性向

〔註9〕　（漢）許慎，（清）段玉裁注：《說文解字》，卷7，頁387。

〔註10〕　《雲笈七籤‧洞玄靈寶定觀經》：「夫得道之人，凡有七候：一者心得
　　　　　定易，覺諸塵漏心得清淨，塵念盡知，故曰覺諸塵漏。二者宿疾普銷，
　　　　　身心輕爽真氣胎息，故疾盡瘳。體道合真，身輕不老。三者填補天損，
　　　　　還年復命骨髓堅滿，故填補天損。駐顏不易，名為還年復命也。四者
　　　　　延數萬歲，名曰仙人長生不死，延數萬歲，名編仙籙，故曰仙人。五
　　　　　者練形為氣，名曰真人得本元氣，故曰練形為氣。正性無偽，故曰真
　　　　　人。六者練氣成神，名曰神人真氣通神，陰陽不測，故曰神人。七者
　　　　　練神合道，名曰至人真神契道，故曰至人其於鑒力，隨候益明鑒力者，
　　　　　常照不息也。益明者，明明不絕也。得至道成，慧乃圓備若了本性，
　　　　　得道成真，智慧圓明，萬法俱備。若乃久學定心，身無一候，促齡穢
　　　　　質，色謝方空。自云慧覺，又稱成道者，求道之理，實所未然通神合
　　　　　道，即身得道真。心證身亡，不離生死。」見（宋）張君房編：《雲
　　　　　笈七籤》〈洞玄靈寶定觀經〉（北京：齊魯書社，1988年9月），卷17，
　　　　　頁105。

〔註11〕　「仙」字普遍見於後世典籍，其實最早出現於漢朝，代表仙山的構想，
　　　　　逐漸從飄渺的西方崑崙、東方蓬瀛，落實到中國輿圖上的名山洞府；
　　　　　仙人快樂地活動於仙山少，而不一定完全僊僊飛昇於白雲帝鄉，這是
　　　　　一種比較親切而實際的想法。見李豐楙：〈不死的探求──道教信仰
　　　　　的介紹與分析（上）〉，《宗教世界》第10卷第2／3期＝總38／39期
　　　　　（1989年4月），頁22。

人性回歸之後，重新擴展人自己所擁有的神性力量，這樣的文化產物就是「仙」。「仙」與「神」一樣能超越時空的束縛，又能登遐飛仙，同時又能享樂世俗人的一切，故「仙」又可稱為「神仙」，或謂「快樂神仙」，已與原始的「神」之涵義不同。

　　「神」乃萬物的最高主宰者。「神」，可以做到人所做不到的事物，無所不能；而「仙」則是老而不死。人要成仙，就必須透過內外修煉的方式，用養生之道諸如呼吸吐納、導引按蹻、煉丹服食等，企圖追求長生不死的遐思與理想。

　　神國的模舉，《山海經·海內西經》，載云：

> 海內崑崙之墟，在西北，帝之下都。崑崙之墟，方八百里，高萬仞。上有木禾，長五尋，大五圍。面有九井，以玉為檻。面有九門，門有開明獸守之，百神之所在。在八隅之巖，赤水之際，非仁羿莫能上岡之巖。〔註12〕

崑崙成高山之借稱，崑崙之墟，有八百里，高萬仞之聳廓。又為百神都住在高山上，神國也建立在山之巔，有雄麗的天庭神闕、有職司不同的眾神，後漸因時代演示，發展為崑崙神話的體系。

　　「神」是高高在上，遙不可及；然「仙」是老而不死。在虛懸的遼夐中，遨遊騰飛；在縹緲的天際，迷濛的雲層中，有些空中仙闕，住著眾多的神。人可透過修煉之道，由凡人羽化登遐，與神相接。

　　先民們對生命的看法是敬天的，能善終不死於非命，便是大幸。寧可緩老長生，因此不死的觀念演化為神仙說的濫觴，仙人飛升登遐，就是讓靈魂乘赤黃氣上天且游行不息，目的在周游徧覽，能保性命之真，游求於外。於是追求靈魂升天之意或是成仙可飛天登霞〔註13〕，

〔註12〕袁珂：《山海經校注·海內西經》〈海經新釋卷六〉（臺北：里仁書局，1981 年 11 月），卷 6，頁 294。

〔註13〕《遠遊》：「載營魄而登霞兮，掩浮雲而上征。」案聞一多說法：營魄即魂魄，既曰：「載營魄」又曰：「登霞」，與火葬的意義全合。《列仙傳》稱嘯父既傳其「作火法」於梁母，「臨上三亮山，與梁母別，列數十火而升」又師門「亦能使火」，死後，「一旦風雨迎之，迄則山木皆焚」這些仙人的故事，都暗示著火化的意味。《墨子·節葬》下篇

則是人們所追尋的目標。

故「神」與「仙」的區別，在於神不具物質軀體的超自然體，神可以是自然體所演變成的，如歷史英雄人物；而仙則是具物質軀體的自然體，但仙不一定非指人而言，其他物質亦可成仙，如動物（狐仙）、物品（碟仙）等。「神」具有超能力，人們對神心存敬意；而「仙」則具長生特質，對仙是深感企慕求之。欲成仙可以透過修煉之道便可得，然對神則崇敬遠之。不論「神」或「仙」，他們都是特異非凡神奇，慢慢地二者劃分漸為融合為一，成為「神仙」的概念了。〔註14〕

「神」與「仙」的界定，經歷史時空的演進，漸為一種宗教信仰或流派，或是形成「道」的觀點。因此，道內所言的「神」和「仙」，定義也就不盡相同。有「先天神」，乃為從天而人的神；有「後天神」，則由人而天的「仙」。〔註15〕在內涵上，「神」和「仙」定義與範疇雖不盡相同，但都屬於「道」的核心信仰，也就發展成神仙信仰的中心思想。

何謂神仙？聞一多《神仙考》云：

> 所謂「神仙」不過是升天了的靈魂而已。仙字本作僊，《說文》：「僊，升高也。」僊即僊字。僊字本是動詞，先秦典籍中皆如此用。升去謂之僊，動詞名化，則升去了的人亦謂之僊。西方人相信天就在他們那崑崙山上，升天也就是升山，所以僊字別體作仙。正是依照西方人的觀念所造的字。人能

說義渠風俗「親戚死，聚柴薪而焚之，燻上，謂之登遐」，登遐劉畫《新論·風俗篇》做「升霞」，《太平廣記》引《博物志》做「登霞」。據此，則遐當讀為煆，本訓火焰，因日旁赤光，或赤云之似火者謂之霞，故又或借霞為之。登霞的本意是火化時靈魂乘火上升於天，這名詞傳到中原後有兩種用法。一是帝王死謂之登霞，二是仙人飛升謂之登霞。見聞一多：《伏義考·神仙考》（上海：上海古籍出版社，2011年12月），頁126～127。

〔註14〕 參酌黃兆漢：《中國神仙研究》（臺北：臺灣學生書局，2001年11月），頁33。

〔註15〕 參酌范恩君：《道教神仙》（北京：宗教文化出版社，2007年12月），頁11。

升天，則與神一樣，長生、萬能，享盡一切快樂，所以仙又曰「神仙」。〔註16〕

嵇康〈養生論〉言及「神仙」是：

世或有謂神仙可學得，不死可以力致者。或云：上壽百二十，古今所同，過此以往，莫非妖妄者。此兩失其情。請試粗論之。

夫神仙雖不目見，然記籍所載，前史所傳，較而論之，其有必矣。似特受異氣，稟之自然，非積學所能致也。至於導養得理，以盡性命，上獲千餘歲，下可數百年，可有之耳。而世皆不精，故莫能得之。〔註17〕

「神仙」是可學得的，透過修煉的力量達到不死。神仙具有獨特的異氣，受之於自然，也非一般人所及，如果調養有方，亦得享天年，上壽達千餘歲，下壽享數百年，也是有可能。所以神仙和神一樣，都是可長生，無所不能，享受一切快樂自由。以文化意識發展的角度觀之，從天生之「神」到後天人為修煉之「仙」，正好明示在上古文化的發展，正是從神國到人間，從神性到人性，乃是人的一種自我意識覺醒的時代演變。

神仙的形成發展，表現先民在自我意識覺醒高漲，仍未擺脫生命哀感，而不得不屈於神靈的心理層次。故神仙的產生，是先民認為生命乃不自由的，終將走向毀滅。因為神仙的核心，就是一種超越生死與追求快樂。

人的生命長度是有限的。當「生也有涯，而知也無涯。」〔註18〕時，必須透過不同的修煉來解讀生命的價值，甚至借助煉丹、吐納養氣等內修外養的修為，以達到修道成仙的目的。因此，對神仙的信仰及崇拜，在人們的心目中自然形成一股不可褻瀆的神聖性。

〔註16〕聞一多：《伏羲考·神仙考》，頁128。

〔註17〕（南朝梁）蕭統編選，華正書局發行：《增補六臣註文選》〈論三·嵇叔夜·養生論〉（臺北：華正書局，1981年5月），卷53，頁973。

〔註18〕（清）郭慶藩編，王孝魚整理：《莊子集釋》〈養生主第三〉（臺北：木鐸出版社，1988年元月），卷2上，頁115。

王兆祥在《中國神仙傳》認為神仙是：

> 人們信神拜仙，久矣夫，久矣夫。好像是古今中外，概莫能
> 外。在漫長的歷史長河中，科學技術是不斷進步的，生產水
> 平是循序提高的，以此之故，古代的人類，對于自然界的認
> 識，也有著一個從無知到有知的過程。先民們面對大海的潮
> 起潮落，雷電的轟鳴閃耀，火山噴出岩漿，洪水沖垮堤
> 岸……曾經產生過一種無法解釋的恐慌，於是感到冥冥之
> 中有個神在主宰，因而產生了對神的崇拜。高天有天神，
> 大地有地神，狂風是風神發怒，烈火是火神施威，滾滾江流
> 之中，一定有叱吒風雲的虯龍主其沉浮，巍巍高山之巔，一
> 定有碩大無朋的魑魅坐鎮其間……應運而生的種種神仙，
> 可以說，完全都是人造的，是在一定的歷史條件下，人們給
> 自己創造的崇拜偶像。〔註19〕

先民們在智識未萌，對自然界發生種種不可思議的現象，又無法去做
合理解釋時，從無知到有知，藉由巫覡宗教與神靈交流，揭開不可
解的神秘方程式，冥冥中產生了特殊的神話形態〔註20〕。依它聯繫著
人與人、人與社會、人與自然的和諧關係。〔註21〕

　　神仙發展自然順勢地和道教的產生，發生連結相關。神仙是道教
的基本核心信仰。其所追尋的終極目標是修道成仙，而神仙事蹟就是
道教徒實現成仙的楷模。「道」被視為宗教性的最高信仰時，並借助
內外修煉的方式，相信人就有可能長生不死，成為神仙。

〔註19〕王兆祥：《中國神仙傳》（山西：山西人民出版社，1992年4月），頁
　　　　1～2。
〔註20〕「神話是非科學但卻聯繫著科學的幻想的虛構，它通過幻想的三稜
　　　　鏡反映現實生活並對現實生活採取革命的態度。」見袁珂：《中國神
　　　　話傳說》（北京：中國民間文藝出版社，1984年9月），頁49。
〔註21〕在這基礎上形成了從上到下（或謂從裡到外）的三個層面：一是有關
　　　　解釋自然、社會、人身的理論系統，二是以修仙成道為中心的有關延
　　　　年益壽、養生袪病、內修外養、消災避禍的實用操作系統，三是有關
　　　　祭拜齋醮、積善誦經的信仰禮儀系統。這三個層面構築了神仙學說的
　　　　金字塔。鄭土有：《曉望洞天福地──中國的神仙與神仙信仰》（陝西：
　　　　陝西人民出版社，1991年9月），頁2。

　　道教中的神仙思想，詠嘆生死的主題，對文學藝術的創作深具影響。《四庫全書總目提要》云：

　　　　後世神怪之跡，多附於道家；道家亦自矜其異，如《神仙傳》、
　　　　《道教靈驗記》是也。要其本始，則主於清淨自持，而濟以
　　　　堅忍之力，以柔制剛，以退為進。故申子、韓子流為刑名之
　　　　學，而《陰符經》可通於兵。其後長生之說與神仙家合為一，
　　　　而服餌、導引入之；房中一家，近於神仙者亦入之；鴻寶有
　　　　書，燒煉入之；張魯立教，符籙入之；北魏寇謙之等又以齋
　　　　醮章咒入之。〔註22〕

神怪之跡攀附道家，輔以堅忍之道，柔弱克剛強之理，這概括了各類
方術附著於道家，相互融合漸以形成道教的歷史事實。當道家與道教
相匯通時〔註23〕，道家思想因道教而承續發展，道教產生的背景，有
來自於民間巫術、方術等，構成了「術」的主要內容來源。

　　道教中的神仙說，實質上就是「道」。〔註24〕道教中的神與仙，

〔註22〕（清）江標輯：《欽定四庫全書總目提要・四部類敘》（臺北：藝文印
　　　　書館，1966 年，《百部叢書集成》影印《靈鶼閣叢書第一函》本），
　　　　頁 25。

〔註23〕「道教與道家，原本殊途，後乃同歸。論道教，必溯其理論淵源而自
　　　　然涉及《老》《莊》《列》《文》思想；論道家，必觀其歷史發展而只
　　　　能承認其流裔漸與道教合流，故兩者可以合而論之。」見孔令宏：《宋
　　　　明道教思想研究》（北京：宗教文化出版社，2002 年 4 月），頁 9。

〔註24〕道教的神不是西方宗教的至上神，而是功能神，是道士通過術可以控
　　　　制、役使的。道士對神進行控制、役使的有效性本身就是該道士修道
　　　　所達到的程度的標尺。道教的仙是凡人修道而成的。道教神仙的實質
　　　　內涵是道，神仙不過是道的具象化罷了。道教的鬼怪，是不合於道教
　　　　價值觀的東西的載體，是違背道的表現。當然，道教仿照佛教所塑造
　　　　的三清等諸多神像確實有，齋醮科儀中確實充斥著信仰性的成分，但
　　　　是，這些都是神道設教的需要，是道教思想義理的形象化的表述方
　　　　式，是接應知識文化程度不高的愚夫愚婦的道具……從崇拜神的角
　　　　度來說，其他宗教都把神當作至高無上的偶像加以頂禮膜拜，道教則
　　　　不然。神只是修道者為了達到改造自然、改造社會的目的而使用的
　　　　工具，是人能夠駕馭、控制、役使的對象。只要懂得駕馭、控制、役
　　　　使的方法，人是用不著敬畏、害怕神的。也就是說，人對於神不是只
　　　　能逆來順受，消極適應，受其壓迫和束縛，而是能夠積極有為的。人

都是人可以控制駕馭的；人必須是透過修道修煉的術以升遐成仙，人
的主動積極性是強大的，不受神的制約束縛，是可戰勝駕馭神的力
量。所以，求長生、求享樂就是人的終極追尋的目標，為了求長生
以成仙，進入幻化的蓬萊仙境中，一切都是美好事物，沒有世間險
惡醜陋的現象。

　　劉勰〈滅惑論〉認為道家立法有三：

　　　案道家立法，厥品有三：上標老子，次述神仙，下襲張陵。
　　　太上為宗，尋柱史嘉遯，實惟大賢。著書論道，貴在無為。
　　　理歸靜一，化本虛柔。然而三世弗紀，慧業靡聞。斯迺導俗
　　　之良書。非出世之妙經也。若乃神仙小道名為五通，福極生
　　　天，體盡飛騰。神通而未免有漏，壽遠而不能無終。功非餌
　　　藥，德沿業修，於是愚狡方士偽託遂滋。〔註25〕

神仙者，應是「福極生天，體盡飛騰。」和「壽遠而不能無終」神仙
是能將身心維持到空靈至境，除卻外在形體、虛幻名利；能任真自得，
閑適安樂。除此，還可以是「明者資於無窮，教以勝慧，闇者戀其必
終，誑以仙術，極於餌藥，慧業始於觀禪。」〔註26〕重視煉養服食之

　　　可以發揮主觀能動性去與神抗爭，目的是勝過神、控制神、駕馭神、
　　　役使神。這大大張揚了人的主體性、能動性、積極性、創造性，顯示
　　　了人的光輝和偉大。孔令宏：《宋明道教思想研究》，頁 5～6。又道
　　　教的核心信仰濃縮到極至就是一個「道」字，它可以用來解釋宇宙的
　　　生成。宇宙的化生和神靈世界的構築，都要依據道的基礎和理論，連
　　　道教徒所看重的修煉方法，也要運用道的特性，即無為、自然、虛無、
　　　清淨等。而道信徒將「合道」分作順行和逆行兩種途徑，前言即順
　　　行則生人，生萬物；逆行則成仙。逆行就要同疾病、衰老鬥爭，這就
　　　需要採用各重方術來進行養生或修煉。從這個角度來看，古人認識到
　　　衰老的不可避免，但又偏要重用「逆行」的合道方法來實現成仙成真
　　　的憧憬，一旦羽化成仙或白日飛升，就意味著完完全全地超越了凡人
　　　的境界，什麼衰老死亡都不會對「神仙」造成困擾。見葛壯：〈簡論
　　　道教尊崇老者的文化特徵及人文精神〉，《宗教哲學》第 41 期（2007
　　　年 9 月），頁 35。
〔註25〕（南朝梁）僧祐著：《弘明集》〈滅惑論〉（臺北：新文豐出版股份有
　　　　限公司，1974 年 12 月），卷 8，頁 13。
〔註26〕（南朝梁）僧祐著：《弘明集》，卷 8，頁 7。

方，以求神仙真正本質——「長生」〔註27〕。

道教中的神仙，寄託的不只是性命之長存，且涵蓋著對自然萬物的體悟，因由自然神靈的主宰，牽動人對自然的敬畏；對理想世界的美善追求，尋找仙境中至善至美的永恆逍遙，因此必須是修仙以成道，以保性命之真而逍遙物外。然神仙的特徵是神通廣大，不老不死，透過存養本真，通天人之理，達於「含德之厚，比於赤子。」〔註28〕對生命極限的超越，從質量上追求生命的長生，是逍遙自在的；是多維性的完美訴求。依此，神仙思想提供了文學的養分，其充滿想像的空間，出神入化地匿跡隱身，飛天遁地穿梭於仙界，自由發揮著浪漫的情思。在「天上一日，世上千年。」〔註29〕的時空轉換器裡，神仙思維確實為文學創作者提供豐富題材，於遼夐的天地中，得以發揮想像，創作出精湛的文藝作品與成就。

二、神仙吟詠的文學轉化性質

神仙以追求長生為宗旨，延續生命並能永遠地享樂快活，認為「我命在我，不在於天。」〔註30〕神仙，乃藉由修煉通過導引、辟穀、服丹等外在手法，以達成仙的目的。然成仙的目的愈彰顯，主動性也就愈強，由修煉中肯定人的自我價值，進而長壽長生，終極目標為羽化成仙。人們在這樣身心靈的修煉氛圍，有所體悟反思，並以文字

〔註27〕「長生」之意蘊，其主體內容乃「正惜今日之所欲耳」一即要保持人本有的形神合一之生命存在狀態，及其所擁有的全部生活內容。如此，人於此世中所享受的天倫之樂、夫妻之情，乃至口福之欲等，只要是健康合理的，其實皆為「仙道」所必然之訴求。見蔡林波：〈「神仙亦人」：道教人本思想管窺〉，《宗教哲學》第41期（2007年9月），頁17。

〔註28〕《道德經·五十五章》：「含德之厚，比於赤子。蜂蠆虺蛇不螫，攫鳥猛獸不搏。骨弱筋柔而握固。」見陳鼓應註譯：《老子今註今譯》（臺北：臺灣商務印書館股份有限公司，1998年8月），頁256。

〔註29〕見張曉敏：《道教十日談》（合肥：安徽文藝出版社，1994年12月），頁141。

〔註30〕（宋）張君房編：《雲笈七籤》〈養性延命錄〉（北京：齊魯書社，1988年9月），卷32，頁185。

訴求記載，形成文學藝術的特質與價值。

　　當神仙從一種宗教活動趨向文學性質，需經過若干間歇循序性的階段。故由神仙思想推移至文學時，其神仙本身必具有文學體系的質性。王孝廉《中國的神話與傳說》提到：

> 神話內在的非文學性逐漸稀薄，文學性濃厚了起來，於是本
> 來探究自然主義，或解釋歷史發展，或實用祭儀效果等實功
> 主義漸漸地從神話內在中乖離消失，這是神話的「解消作
> 用」。另外在藝術價值效果上，文學作品上的鑑賞意義逐漸
> 提高，這是神話的「純化」作用。〔註31〕

故神仙吟詠的作品，有了「解消」與「純化」作用，並融吸收互補，增加文學的多樣化，並活絡文學藝術風貌，開拓以文學為主力的性質。

　　神仙吟詠的文學轉化性質，鑒於吟詠神仙與文學間，兩者的性質是相通關聯。人類最初傳達的工具是語言，用來溝通彼此，傳情達意或明示心志為目的。然從語言進階至文字的表達傳述的功能上，除了發揮詞彙的功用外，尚須運用豐富的想像與創造的新動力，才能締造出新的局面。

　　神仙所營造出具有吟詠性質的文學性，推究其已具備了文學的功能，雖然有時故事內容是荒誕不經或詮釋自然現象或講述英雄事蹟等表現的手法，這些表述的方式，都是滋養著文學性質的養分。

　　鍾宗憲《中國神話的基礎研究》言：

> 神話往往是一種隱晦性的語言，疾病的語言，並且因此可以
> 與文學中「非邏輯性語言」的詩學相提並論。這一方面固然
> 是因為神話本身所具備的文學性質，以及神話語言的歧義
> 性結構和意象的飽滿程度所帶來的印象；另一方面也肇因
> 於神話的「原始語言」性質。〔註32〕

賦於神仙吟詠的性質，本身來自於原始語言，都是讓神仙意象從吟詠

〔註31〕王孝廉：《中國的神話與傳說》（臺北：聯經出版事業公司，1978 年
　　　　7 月），頁7。
〔註32〕鍾宗憲：《中國神話的基礎研究》（臺北：洪葉文化事業有限公司，2006
　　　　年2 月），頁 111。

的作品中凸顯其思想。神仙吟詠以文學呈現，使神仙色彩或神仙氛圍消失淡薄，而予以美化，貼近生活經驗與心理狀態，將己之情感與想像，隨興發揮。

　　無論神仙流入政治歷史抑宗教文學中，它總是如清泉汨汨而流，在人們的心中，披著一層迷朦，讓人遐思想望。當它進入到文學領域，成為一種吟詠的形式，就是作者對所謂的物質性或精神性的文化，抒發特別的看法，用吟詠的方式，表達特殊的意念。

　　神仙吟詠詩的存在，上溯至《詩經》、《楚辭》，詩中美麗的神話，確實予人一份夢幻的美感，隱含先民們最古老的原始之夢。如《詩經・采薇》篇云：「昔我往矣，楊柳依依。今我來思，雨雪霏霏。行道遲遲，載渴載飢。我心傷悲，莫知我哀！」〔註33〕以植物「柳」象徵離別的意涵。但「柳」之意象，推溯至神話中，就是羽淵之處，太陽落下的地方為柳谷，神話裏日落的柳谷即是羽淵。《山海經・海內經》云：「洪水滔天。鯀竊帝之息壤以堙洪水，不待帝命。帝令祝融殺鯀于羽郊。鯀復生禹。帝乃命禹卒布土以定九州。」〔註34〕羽淵就是鯀被殛於羽山，死三歲不腐，其腹生禹，後化為黃龍、黃熊、玄魚的神話事蹟，已然具備了神的性格。

〔註33〕（清）阮元校勘：《詩經小雅・鹿鳴之什・采薇》《十三經注疏》（臺北：藝文印書館股份有限公司，2001年12月），卷9-3，頁331。

〔註34〕珂案：然則鯀之被殛，乃因盜竊天帝息壤平治洪水，非如歷史家所目之為「方命圯族」（書堯典）。故屈原離騷云：「鯀婞直以亡（忘）身兮，終然夭乎羽之野。」《九章惜誦》云：「行婞直而不豫兮，鯀功用而不就。」均有歎惋憐惜之意：蓋鯀之功烈在古神話中猶未全泯也。鯀被殛羽山，死三歲不腐，其腹生禹，行跡又過於希臘神話取火者之普洛米修斯矣。惟鯀入羽淵所化，則諸書所記不。《歸藏啟筮》云：「化為黃龍。」《左傳昭公十七年》云：「化為黃熊。」《國語晉語》云：「化為黃能。」《拾遺記》卷二云：「化為玄魚。」龍、熊、玄魚均無疑問矣，惟「能」解釋各異。……「鯀復（腹）生禹」後，為天帝者，乃不得不「命禹卒布土以定九州」鯀雖被殛潛淵，此一爭鬥則終獲勝利。雖天帝之嚴威亦不得不暫為斂息，其為民望之所屬固可見也。見袁珂：《山海經校注・海內經》〈海經新釋卷十三〉（臺北：里仁書局，1981年11月），卷18，頁472～474。

　　《楚辭》為浪漫文學的代表。除了抒情色調濃郁外，廣泛地使用
神話素材，泅泳在神話的虛幻縹緲中，藉以脫離險峻的現實，而產生
一種疏離的美感，其飄逸超然的風格，作為詩人表達自我意識的抒情
方式，形成騷體的文學格式。

　　《楚辭》以「楓」作為植物神話的意象，《山海經·大荒南經》
有言：

> 有宋山者，有赤蛇，名曰育蛇。有木生山上，名曰楓木。楓
> 木，蚩尤所棄其桎梏，是謂楓木。〔註35〕

郭璞云：「蚩尤為黃帝所得，械而殺之，已摘棄其械，化而為樹也。」
又云：「即今楓香樹。」〔註36〕

　　黃帝與炎帝戰於阪泉之野，炎帝戰敗。蚩尤奮起替炎帝復仇，他
率領兄弟八十一人及其氏族與黃帝抗爭，終仍敗陣被擒，被殺於涿
鹿。黃帝斬其首葬之，首級化為血楓林。故傳說中「楓」與神話裡的
蚩尤血相似，都是悼念蚩尤及族人被殺之事所發出的一種想像空間。
楓紅正與蚩尤血作一聯想，相互輝映。

　　《雲笈七籤·軒轅本紀》載云：

> 殺蚩尤於黎山之丘，擲械于大荒之中宋山之上，其械後化為
> 楓木之林。〔註37〕

蚩尤身上染滿鮮血的桎梏，被棄於大荒中的宋山上，旋即化作一片楓
林。「楓」與蚩尤是有淵源的，「楓」即是蚩尤含恨鮮血所化成的。由
蚩尤血化楓的神話，被隱含在《楚辭·招魂》云：「湛湛江水兮，上有
楓。」〔註38〕呈現出文字優美，文意抒情，內容更是隱微地有悲愴淒
美的意境。《楚辭》以後的詩人，以楓為意象主題，內容已無楓木神話

〔註35〕袁珂：《山海經校注·大荒南經》〈海經新釋卷十〉（臺北：里仁書局，
　　　　1981 年 11 月），卷 15，頁 373。
〔註36〕袁珂：《山海經校注·大荒南經》，卷 15，頁 373。
〔註37〕（宋）張君房編：《雲笈七籤》〈軒轅本紀〉（北京：齊魯書社，1988
　　　　年 9 月），卷 100，頁 547。
〔註38〕（宋）洪興祖：《楚辭補註》〈招魂〉，（臺北：藝文印書館，1981 年 3
　　　　月），卷 9，頁 353。

的運用，多半作為感傷別離的氣氛，或成為懷鄉的思念。

　　從《詩經》、《楚辭》內容中，隱含神仙的意識而富含吟詠性質，其創作不拘泥於特定目的。不論是質樸的語言表述，抑是文人抒情創作，就是貼近自己的生活，陳述自己的情感意念，讓文學逸趣更加豐富。文學創作構思，要累積學識儲存珍貴的材料內容，衡量分辨事理來豐富己學，讓生活閱歷來觀照人生，順己之情致抽引出文辭。即使是在神仙吟詠的作品，文字表達尚未臻於成熟前，它依然具備質樸的本質與豐富的意象，需透過「意象」〔註39〕、「隱喻」〔註40〕、「象徵」〔註41〕的表現手法，從詩的理論中發展出個別意象的審美感官；或者是用譬喻等方式確切地表達了題旨意涵所在，構成一套獨特的文學模

〔註39〕意象是一個既屬於心理學，又屬於文學研究的題目。「意象」一詞表示有關過去的感受或知覺上的經驗在心中重現或回憶，而這種重現或回憶未必一定是視覺上的。高爾頓（F. Galton）1880 年在這方面所作的研究是具有開拓性的，他試圖發現人在視覺上重現過去的經驗究竟可以達到怎樣的程度，結果表明，人在視覺上重現過去的能力是大不相同的。而意象不僅僅是視覺上的。……詩歌運動的理論家，龐德（E. Pound）對「意象」作了如下的界定：「意象」不是一種圖像式的重現，而是「一種在瞬間呈現的理智與感情的複雜經驗」是一種「各種根本不同的觀念的聯合」。見〔美〕勒內‧韋勒克、奧斯丁‧沃倫著，劉向愚、邢培明、陳聖生、李哲明譯：《文學理論》（北京：文化藝術出版社，2010 年 9 月），頁 204～205。

〔註40〕我們這樣一個排列順序，即意象、隱喻、象徵、神話，代表了兩條線的會聚，這兩條線對於詩歌理論都是重要的。一條是訴諸感官的個別性的方式，或者訴說諸感官和審美連續統一體，它把詩歌與音樂和繪畫聯繫起來，再把詩歌與哲學和科學分開；另一條是「比喻」或稱「轉義」這類「間接的」表述方式，它一般是使用換喻和隱喻，在一定程度上比擬人事，把人事的一般表達轉換成其他的說法，從而賦予詩歌以精確的主題。〔美〕勒內‧韋勒克、奧斯丁‧沃倫著，劉向愚、邢培明、陳聖生、李哲明譯：《文學理論》，頁 203～204。

〔註41〕「象徵」與「意象」和「隱喻」之間有無重大意義上的區別呢？我們認為「象徵」具有重複與持續的意義。一個「意象」可以被一次轉換成一個隱喻，但如果它作為呈現與再現不斷重複，那就變成一個象徵，甚至是一個象徵（或者神話）系統的一部分。〔美〕勒內‧韋勒克、奧斯丁‧沃倫著，劉向愚、邢培明、陳聖生、李哲明譯：《文學理論》，頁 207。

式，如此架構則可錯綜交織為一種轉化的功能特質。

　　文學創作中的一種精神支柱，莫過於追求永恆不朽。而在神仙吟詠中，往往使用「原始語言」〔註42〕，無法以科學立場實證，或以知識詮釋，只能憑想像來解釋，用組合架構的模式，進行溝通堆疊而起的語言。在這樣的原始語言的思維模式中，產生了神仙的思想系統，並從文字的載具，呈現一種人們對神仙的仰慕與盼望，進而透過神仙修煉的工夫以致成。

　　自有文學形態發展以來，神仙吟詠的精神，需探源在文學自身發展的必然性和時代語言的接受與認同。從《山海經》對山與海的神祇、神靈布局架構，草木蟲魚鳥獸等動植物圖騰的描述，種種紀錄都呈現初民們的生活智慧與思想。觀察這些文字載錄，是否能成就一代文學的標竿與註記，如王國維言：「一代有一代文學，楚之騷，漢之賦，六代之駢語，唐之詩，宋之詞，元之曲，皆所謂一代之文學，而後世莫能繼焉者也。」〔註43〕即文學演變的規律。而神仙吟詠的作品及其演變發展的過程，亦是有軌跡可循。

　　從文學本體來看，楚騷屈、宋以詩人之姿，躍上文學平台，審美的文藝觀受到重視，在文學創作中張揚內在情志、發揮想像創意麗辭、協韻的文體類別等要件，這些成為生活要素的一部分，發展出系列性的文學理論類型。〔註44〕

　　經由神仙形而上的機能，銜接人類生存正道的智慧，通達宇宙大道，已經開啟自己的神祕傳說，以文學的方式承繼。從《楚辭》巫系文學系列，影響了後世六朝及唐宋遊仙文學的發展。〔註45〕

〔註42〕參酌鍾宗憲：《中國神話的基礎研究》（臺北：洪葉文化事業有限公司，2006 年 2 月），頁 111。

〔註43〕王國維：《王國維戲曲論文集——〈宋元戲曲考〉及其他》〈自序〉（臺北：里仁書局，2000 年 7 月 25 日），頁 3。

〔註44〕參酌徐華：《道家思潮與晚周秦漢文學形態》（武漢：華中師範大學出版社，2008 年 4 月），頁 5。

〔註45〕巫系文學的系譜剛好可以接續東漢以來文士所競擬的樂府體遊仙詩、民歌體的〈神絃歌〉及道曲體的〈步虛辭〉，作為一種宗教性的

魏晉六朝，時代大動亂，政治黑暗、社會道德淪喪、人的生命無法自保，連詩人也痛感寰宇人倫的失調失序，不得不思考對生命之杞憂、人生蒼涼之無奈，對現實生活重新定義，只因人間不足羨，唯有置身神仙界，才是人生的歸趣。這時神仙吟詠已不是單純仰慕敬崇仙人的思維，而是有矛盾、存疑的情緒，既盼望有仙界的真實存在、實有的仙人，但又質疑人類能否有超越極限力量而神遊奇境，所以當誤入仙境時，終究會以思歸、還歸來作結收束。神仙的虛幻美好，「思欲登仙，以濟不朽。」〔註46〕對詩人而言，歲月軌跡之無常，登仙即是追求永恆，可豁免不必要的困擾。以詠懷寄寓的模式，開啟神仙吟詠變體的先聲，不單單只是吟詠仙境仙界之美，而是承繼先風，創新未來。因此當變體創見產生時，就會發展出新的神仙理論，將剛興起的仙隱及隱逸的意識主流相結合，成就了新的仙道思想。

至唐朝，對神仙持之嚮往欣慕，用實際行動求仙，求得長生願望或延長壽命的方式，於是開始有服食丹藥、試煉仙藥等連串的行動力，在中國醫學史、宗教史上出現名醫與道士的新年代。從文學作品中反映當時文士求仙活動、煉丹服食、或探求仙境的象徵意涵，呈現出神仙文化的社會風潮。

宋代道教文化興盛，承襲著唐、五代的崇道氣氛，也影響著不同的社會階層，在文學的成分中，注入和神仙有關的題材，如洞天福地的仙窟、仙人幻遊的神思、仙樂曲調的製作，形成道曲道樂者甚繁，有了樂曲教坊的設置，而這些所有的活動都是和道教文化的蓬勃興盛是息息相關的。洞仙、天仙、女冠等諸辭，成了遊仙文學中常見的內

文學，其中的精神命脈確是一脈相承的，它蘊含了戲劇、詩歌及宗教儀典，因此至少可說是中國文學的重要源頭之一。參見李豐楙：《憂與遊六朝隋唐遊仙詩論集》（臺北：臺灣學生書局，1996年3月），頁4。

〔註46〕嵇康〈四言十八首贈兄秀才入軍・其七〉：「人生壽促，天地長久。百年之期，孰云其壽。思欲登仙，以濟不朽。纜轡踟躕，仰顧我友。」見崔富章注譯，莊耀郎校閱：《新譯嵇中散集》（臺北，三民書局股份有限公司，1998年5月），頁11。

容，於是這些虛幻的筆法，加以神仙仙境的營造、仙人神遊的描摹等，也激盪形塑起素樸的民間傳說，或故事說話底本。神仙特殊題材的運用，成為神仙吟詠的文學基本架構。

因此，以神仙吟詠為主題，從內容到形式，不同時代不同意識主流，創造不同的文學風格。神仙，被當作理想世界的象徵，能登遊仙境、煉丹成仙是凡人企望的求仙活動，仙境中的美好，能屏棄現實黑暗，用隱微的方式淡化世間的醜惡，唯有在神仙世界，才是快樂逍遙的桃源聖地，世人何樂不往、不為！

故在人的世界中克服了智、慮、欲等人為因素，追求永恆自由、長生的神仙信仰，就能與萬化冥合一體，做個快樂自由的神仙人。再進一層次，透過文學藝術的創新創作，吟詠的方式抒發對神仙的遐思與崇敬，也是一種文化象徵的建立，反映出當世社會的多元現象。

第二節　蘇軾神仙吟詠詩的形成

蘇軾生平，流盪於仕與隱〔註47〕之間，歷經重大的任官與貶放過程，載浮泅泳於人事的波浪，早慧思想與曠達情思，足以讓他擺渡津口，適時放下牽絆罣礙；佛老釋道的啟示，讓他在神仙世界中，自有一片清幽仙境，得以歇息。

一、家庭教育的崇道啟蒙

當今著名宋史專家鄧廣銘云：

> 宋代是我國封建社會發展的最高階段。兩宋期內的物質文明和精神文明所達到的高度，在中國整個封建社會歷史時期之內，可以說是空前絕後的。〔註48〕

〔註47〕隱在先秦，或是虛說的生命情調，如老莊所云或孔子感嘆說要乘桴浮海；或是根本不情願，是被迫去隱的避人、避世、避亂，甚且如屈原般，是遭了謫放。參見龔鵬程：《中國文學史》（臺北：里仁書局，2012年9月），頁83。

〔註48〕從文化上看，唐朝代表了中國封建文化的上升期，宋朝則是由中唐逐漸發展起來的新型文化的定型期、成熟期。宋代文化的高度成熟與發

宋代於帝王尚文、好釋道，經濟商業發展繁榮，城市興起，娛樂性質提高等質性，間接促進形成神仙思想的時空背景，蘊釀了神仙題材的運用。文人在創作過程中，將其神仙思想的內容，消解不合理的質素，藉由文藝上的美化予以合理解釋，呈現浪漫唯美或是省思覺醒。

　　蘇軾神仙思想的醞釀，源自家庭教育崇道的啟蒙，並沾濡崇道文化。北宋內丹學的興盛，道書印刷的流行，經義深究的影響，與道友交游等，綜觀這些因素，形塑其神仙思想的要素。

　　蘇軾家鄉眉州，好隱逸、重經術之風鼎盛。他任徐州太守時，寫〈眉州遠景樓記〉言：

> 吾州之俗，有近古者三。其士大夫貴經術而重氏族，其民尊吏而畏法，其農夫合耦以相助。蓋有三代、漢、唐之遺風，而他郡之所莫及也。始朝廷以聲律取士，而天聖以前，學者猶襲五代之弊，獨吾州之士，通經學古，以西漢文詞為宗師。方是時，四方指以為迂闊。至於郡縣胥史，皆挾經載筆，應對進退，有足觀者。而大家顯人，以門族相上，推次甲乙，皆有定品，謂之江鄉。〔註49〕

眉州有三代、漢、唐遺風，是他郡所莫及也。士大夫表現的操守是「貴經術而重氏族，其民尊吏而畏法，其農夫合耦以相助」，是內省諸己而不顯求於外，官吏、農民均尚古風。蘇軾家族中，出川當官者不多，即使有才也不張揚，自蘇軾上五世祖皆不出仕宦，「以俠氣聞於鄉閭」〔註50〕躬耕自足於鄉里，足見眉州好隱逸的風尚。

　　祖父蘇序，薰染眉州之古風，躬耕務農，終身不仕。蘇洵《嘉祐

　　　育定型，已為古今學術名家所公認。見王水照主編：《宋代文學通論》
　　　（高雄：高雄復文圖書出版社，2000年6月），頁3。
〔註49〕蘇軾：《蘇軾文集》〈眉州遠景樓記〉，卷11，頁352。
〔註50〕《嘉祐集·族譜後錄下篇》：「蓋嘗聞其略曰：蘇氏自邊於眉，而家於眉山，自高祖涇，則已不詳。自曾祖釿，而後稍可記。曾祖娶黃氏，以俠氣聞於鄉閭。生子五人，而吾祖祐最少最賢，以才幹精敏見稱，生於唐哀帝之天祐二年，而歿於周世宗之顯德五年，蓋與五代相終始。」見蘇洵著，王雲五主編：《嘉祐集·族譜後錄下篇》（臺北：臺灣商務印書館，1965年11月），卷13，頁132。

集‧族譜後錄下篇》言：

> 先子諱序，字仲先，生於開寶六年，而歿於慶曆七年。娶史
> 氏夫人，生子三人，長曰澹，次曰渙，季則洵也。先子少孤，
> 喜為善而不好讀書。晚迺為詩，能白道，敏捷立成，凡數十
> 年，得數千篇，上自朝廷郡邑之事，下至鄉閭子孫畋漁治生
> 之意，皆見於詩。觀其詩雖不工，然有以知其表裏洞達，豁
> 然偉人也。性簡易，無威儀，薄於為己，而厚於為人。與人
> 交無貴賤，皆得其歡心。見士大夫，曲躬盡敬，人以為諂，
> 及其見田父野老亦然，然後人不以為怪。……凶年嘗鬻其田
> 以濟飢者。既豐人將償之，曰：「吾自有以鬻之，非爾故也。」
> 卒不肯受。力為藏退之行，以求不聞於世。然行之既久，則
> 鄉人亦多知之，以為古之隱君子莫及也。〔註51〕

蘇序性情簡易，無威儀，恬淡寡欲，薄己厚人，通達事理。與人游，
不論貧賤。樂施濟窮，輕財好義。好行施善，鬻田濟飢，深受鄉里稱
讚，具有「藏退之行，以求不聞於世。」隱君子風行。個性簡約，不
拘小節，不以惡衣惡食為恥。他不太管家事，有鄉人找他幫忙，必是
義不容辭，接淅而行地熱衷其事，反覆不厭。蘇序在自己的旱地種粟，
以稻換粟，儲於倉糧，於荒饉之年，用粟救濟鄉里，這樣儲糧備荒年
的義行，深受鄉里敬重。

　　蘇序喜為善，不好讀書，晚年卻愛作詩。曾鞏〈贈職方員外郎蘇
君墓誌銘〉言：「君讀書務知大義，為詩務達其志而已。」〔註52〕讀
書作詩對蘇序而言，絕非是追求仕進，而是一種知大義、達其志。
蘇序不迷信，盛傳眉州有神靈降臨，名曰茅將軍，鄉人均畏之，為其
建廟塑像膜拜。蘇序率眾毀廟搗像，後三年，其子蘇煥登第，經劍門
七家嶺時，乍見茅將軍廟宇，即要率眾搗毀，被一廟吏假以「夢神泣
告」託辭以阻攔。李廌《師友談記》載云：

〔註51〕蘇洵著，王雲五主編：《嘉祐集‧族譜後錄下篇》，卷13，頁133～
　　　　134。
〔註52〕（宋）曾鞏撰：《元豐類稿》〈贈職方員外郎蘇君墓誌銘〉（臺北：臺
　　　　灣中華書局，1965年），卷43，頁7。

> 眉州或有神降，曰茅將軍，巫覡皆狂，禍福紛錯，州皆畏而
> 禱之，共作大廟，像宇皆雄，祈驗如響。太傅忽乘醉呼村僕
> 二十許人入廟，以斧鑺碎其像，投溪中，而毀拆其廟屋，竟
> 無所靈。後三年，伯父初登第，太傅甚喜，親至劍門迎之。
> 至七家嶺，忽見一廟甚大，視其榜曰茅將軍。太傅曰：「是
> 妖神却在此為幻耶？」方欲率眾復毀。忽一廟史前迎拜，曰：
> 「君非蘇七君乎？某昨夜夢神泣告曰：明日蘇七君至，吾甚
> 畏之，哀告蘇七君，且為容恕，俾存此廟，俾竊食此土也。」
> 共勸焉，乃捨。〔註53〕

顯然蘇序敢於毀廟、搗神像，不畏眾人攔阻，破除迷信。有關蘇序的
為人處事作風，在幼小蘇軾印象裡，是「尚能記憶其為人」〔註54〕。
蘇序的豁達大度，富智慧達觀，隨喜隨和，樂善好施的性格，確實影
響蘇軾，故自幼即承襲祖父這樣淡泊任俠、敢於任事的家風。

　　蘇軾〈答任師中、家漢公〉一詩，描述祖父持家理念，營造環境
清幽，適合讀書、隱居，詩云：

> 先君昔未仕，杜門皇祐初。道德無貧賤，風采照鄉閭。何嘗
> 疎小人，小人自潤疎。出門無所詣，老史在郊墟。門前萬竿
> 竹，堂上四庫書。高樹紅消梨，小池白芙蕖。常呼赤腳婢，
> 雨中擷園蔬。〔註55〕

蘇序個性舒蕩，道德風采鄉閭讚譽。門前有萬竿竹、有池塘、白芙蕖、
紅消梨等十分雅致清幽的居家環境。堂上又有四庫書，藏書豐富，造
就蘇軾幼時讀書教育的啟蒙環境。直至蘇軾的二伯父蘇渙及試登科，
眉州士子始興讀書做官的顯揚機會。

　　蘇轍〈伯父墓表〉言：

> 公於是時獨勤奮問學，既冠，中進士乙科。及其為吏，能據
> 法以左右民，所至號稱循良。一鄉之人欣而慕之，學者自是

〔註53〕（宋）李廌撰：《濟南先生師友談記》（臺北：藝文印書館，1965 年，
　　　　《百部叢書集成》影印《百川學海》本），頁 21。
〔註54〕蘇軾：《蘇軾文集》〈與曾子固一首〉，卷 50，頁 1467。
〔註55〕蘇軾：《蘇軾詩集》〈答任師中、家漢公〉，卷 15，頁 754～755。

相繼輩出。至於今，仕者常數十百人，處者常千數百人，皆以公為稱首。〔註56〕

蘇渙掀起眉州士子仕進風潮，蘇軾受到此家風影響，也被逼得非走上仕宦不可，和他當初深受祖父蘇序淡泊寡欲，持節守田園，欲隱林泉的動向又是迥異殊途。蘇軾、蘇轍兩兄弟就在書香門第的環境教育下，終於走出眉州，出川，邁向政治舞台。

父親蘇洵，豪情不拘小節，少年遊蕩不學，盡覽往遊名山大川，賦詩云：

少年喜奇迹，落拓鞍馬間。縱目視天下，愛此宇宙寬。山川看不厭，浩然遂忘還。〔註57〕

歐陽脩〈蘇明允墓誌銘〉言：「君少獨不喜學，年已壯，猶不知書。職方君縱而不問，鄉閭親族皆怪之。或問其故，職方君笑而不答，君亦自如也。」〔註58〕蘇洵不喜學，鄉黨親族皆怪，蘇序知道蘇洵有大志，借游歷增拓見識，不願被聲律句讀小學所困，只要他喜讀之，必能窮究六經百家之言。蘇洵自己亦言：「知我者，惟吾父與歐陽公也。」〔註59〕知子莫若父，蘇洵直至二十七歲時，始發憤苦讀。

蘇洵為了應試，不得不重拾聲律之學，經一年苦讀，學問大進。二十九歲再舉進士，未中試。〈憶山送人〉詩云：

朅來游荊渚，談笑登峽船。峽山無平岡，峽水多悍湍。長風送輕帆，瞥過難詳觀。其間最可愛，巫廟十數巔。聳聳青玉幹，折首不見端。……道逢塵上客，洗濯無瑕痕。振鞭入京師，累歲不得官，悠悠故鄉念，中夜成慘然。五噫不復留，

〔註56〕　（宋）蘇轍著，陳宏天、高秀芳點校：《蘇轍集·欒城集》〈伯父墓表〉（北京：中華書局，1999 年 7 月），卷 25，頁 414。

〔註57〕　（宋）蘇洵著，王雲五主編：《嘉祐集》〈憶山送人〉（臺北：臺灣商務印書館，1965 年 11 月），卷 15，頁 156。

〔註58〕　（宋）歐陽脩著，楊家駱主編：《歐陽修全集·居士集》〈故霸州文安縣主簿蘇君一作趙郡蘇明允墓誌銘并序〉（臺北：世界書局，1961 年 1 月），卷 34，頁 241。

〔註59〕　（宋）歐陽脩著，楊家駱主編：《歐陽修全集》，卷 34，頁 241。

馳車走輾轅。〔註60〕

本首完整記載應舉時，出川北上入京應考，卻落榜的心境。發議論之筆，描繪長江洶湧，不可一世的磅礴氣勢，若非巫山為屏障，江水必是浩瀚無邊。接續，描寫赴京路徑，從水行改成走塵土的陸路，只為了應試得官而入京的，但事與願違，卻是「累歲不得官」落第的結果，祇好悻悻然地歸返故鄉。

蘇洵遊歷名山大川，領受大自然洗滌，不讓世俗左右，尚自然的人生理念，對蘇軾起了默化作用。當蘇軾流放嶺南之際，亦不忘縱情山水，尋幽探勝，神仙造境，來自蘇洵好遊行誼。在海南儋州，聞子過朗朗讀書聲，在〈和陶郭主簿〉一詩引文，追述緬懷父親遺風，記載言：「感念少時，悵焉追懷先君宮師之遺意」〔註61〕感念父親的啟蒙教育。即使是「閉戶未嘗出，出為鄰里欽。家世事酌古，百史手自斟。」〔註62〕也要讀書勤學，紮下勤懇的真工夫，這都是蘇洵對蘇軾教育上的影響力。

蘇洵喜遊歷，愛交遊隱居崇道之士，熱愛大自然的視野，影響蘇軾日後足跡遍萬里的胸襟。當年蘇洵入京應試落第，返川曾南游虔州，在蘇軾〈天竺寺〉一詩引文，有載云：

> 予年十二，先君自虔州歸，為予言：「近城山中天竺寺，有樂天親書詩云：一山門作兩山門，兩寺原從一寺分。東澗水流西澗水，南山雲起北山雲。前臺花發後臺見，上界鐘清下界聞。遙想吾師行道處，天香桂子落紛紛。筆勢奇逸，墨迹如新。」今四十七年矣，予來訪之，則詩已亡，有石刻存耳，感涕不已，而作是詩。〔註63〕

蘇洵自虔州歸，當年蘇軾才十二歲。如今自己被貶謫，路經天竺寺，憶及當年蘇洵曾駐足此地，如今景在人事非，自己亦親臨其境，興發

〔註60〕（宋）蘇洵：《嘉祐集》，頁156。
〔註61〕蘇軾：《蘇軾詩集》〈和陶郭主簿二首并引〉，卷43，頁2351。
〔註62〕蘇軾：《蘇軾詩集》，卷43，頁2351。
〔註63〕蘇軾：《蘇軾詩集》〈天竺寺并引〉，卷38，頁2056。

「四十七年真一夢，天涯流落淚橫斜。」〔註64〕流落天涯的窘迫，世事難料，故感涕不已。

　　後來，蘇軾再次登臨虔州時，是北歸時期。登鬱孤臺，賦詩云：「吾生如寄耳，嶺海亦閑游。」〔註65〕人生倏忽如寄的感慨。在虔州，多首詩作，如〈虔守霍大夫，監郡許朝奉見和，復次前韻〉云：「大邦安靜治，小院得閑游。贛水雨已漲，廉泉春水流。」〔註66〕〈贈虔州術士謝晉臣〉云：「屬國新從海外歸，君平且莫下簾帷。前生恐是盧行者，後學過呼韓退之。」〔註67〕〈虔州景德寺榮師湛然堂〉云：「諸方人人把雷電，不容細看真頭面。欲知妙湛與總持，更問江東三語掾。」〔註68〕〈用前韻再和霍大夫〉云：「文字先生飲，江山清獻遊。典刑傳父老，樽俎繼風流」〔註69〕，如上詩作，都是在虔州時期，與虔守友朋等唱和酬作。另外，探訪其父舊游蹤履，而故老均無在，不勝唏噓之嘆。

　　曾棗莊《三蘇評傳》評論蘇洵，言：
　　　蘇洵出身在一個「三世皆不顯」的家庭，而蘇洵早年又喜歡雲游天下，并結識了不少胸懷大志，憂國憂民的岩穴之士，如史經臣、鍾子翼、張俞等人。這樣的出身和經歷，對蘇洵形成那一整套革新主張，顯然起了有益的作用。加之蘇洵不滿足於章句、名數、聲律之學，而喜以古今成敗得失為議論之要，他既了解社會實際，又善於以古為鑑，因此，他對時政的批評是比較中肯的。〔註70〕
年少遊歷天下，落拓於鞍馬，縱目於天下，閱盡世道世情，深入社會

〔註64〕蘇軾：《蘇軾詩集》，卷38，頁2056。
〔註65〕蘇軾：《蘇軾詩集》〈鬱孤臺〉，卷45，頁2429。
〔註66〕蘇軾：《蘇軾詩集》〈虔守霍大夫，監郡許朝奉見和，復次前韻〉，卷45，頁2429～2430。
〔註67〕蘇軾：《蘇軾詩集》〈贈虔州術士謝晉臣〉，卷45，頁2430。
〔註68〕蘇軾：《蘇軾詩集》〈虔州景德寺榮師湛然堂〉，卷45，頁2431。
〔註69〕蘇軾：《蘇軾詩集》〈用前韻再和霍大夫〉，卷45，頁2438。
〔註70〕曾棗莊著：《三蘇評傳》（上海：上海書店出版社，2016年8月），頁23～24。

基層，有遠見前瞻，善以古為鑑，無怪乎歐陽脩的推薦讚語，曰：「博於古而宜於今，實有用之言，非特能文之士也。其人文行，久為鄉閭所稱，而守道安貧，不營仕進」〔註71〕以守道安貧，不營仕進的態度，用功於經術上的專研。因此，蘇洵策論之文，深深影響蘇軾，其早年喜愛賈誼、陸贄等政論家，可謂其來有自的家學淵源背景。蘇洵崇道經驗、遊道觀、交道僧，將其體現經驗表現在文學作品內，無不涉略道教的神仙傳說、神鬼傳奇故事、仙觀仙境等，留有道教的仙蹤仙影。〔註72〕蘇軾即是在家風崇道氣氛以及時代潮流影響所致。

二、神仙信仰的萌生

「神仙之說，出自道家。」〔註73〕如《老子》所言長生、不死，云：

谷神不死，是謂玄牝；玄牝之門，是謂天地根；綿綿若存，用之不勤。〔註74〕

天長地久，天地所以長且久者，以其不自生，故能長生。〔註75〕

不失其所者久。死而不亡者壽。〔註76〕

是謂深根固柢，長生久視之道。〔註77〕

〔註71〕（宋）歐陽脩著，楊家駱主編：《歐陽修全集·奏議集》〈薦布衣蘇洵狀〉（臺北：世界書局，1961年1月），卷14，頁869。

〔註72〕參見吳琳：〈蘇洵與釋道〉，《宗教學研究》第2期（1999年2月），頁96～97。

〔註73〕神仙之說，即由長生不死之說而來，故《釋名·釋長幼篇》云：「老而不死曰仙」，《說文》仙字注云：「長生僊去」。梁簡文帝華陽陶先生墓誌銘亦云：「無名曰道，不死曰仙」。見黃博靖：〈神仙思想之由來〉，《古今談》第180期（1980年5月），頁16。

〔註74〕陳鼓應註譯：《老子今註今譯》〈第六章〉（臺北：臺灣商務印書館股份有限公司，1997年1月），頁72。

〔註75〕陳鼓應註譯：《老子今註今譯》〈第七章〉（臺北：臺灣商務印書館股份有限公司，1997年1月），頁74。

〔註76〕陳鼓應註譯：《老子今註今譯》〈第三十三章〉（臺北：臺灣商務印書館股份有限公司，1997年1月），頁179。

〔註77〕陳鼓應註譯：《老子今註今譯》〈五十九章〉（臺北：臺灣商務印書館股份有限公司，1997年1月），頁270。

何謂「道」？道的寫狀，即「谷神」，具有「不死」的永恆性。這就是「常道」，它是創生萬物之母，是天地的根源。天地之所以長久，一切運作非為己利，故能長久。然在天地間，不失根基者即能長存、長久，即使身沒仍不致被遺忘。而常道猶存，這是一種深根柢固，可長久依存、可長生久立之理。

「道」之核心為萬物之本源本體，依道而動，是自然規律的，是人生道德修養的最高依歸，必須透過修養使己身成為有道之聖人。所以要自然無為、要能體道達道、與天地精神為一，超越人生的一種精神自由，就是道的最高意境。

道教的基本信仰也是「道」〔註78〕，是「神異之物，靈而有性」〔註79〕、「虛無之系，造化之根，神明之本，天地之源。」〔註80〕「萬

〔註78〕「修道」即是通過能動的精神修養，從有礙有限、執著分別的自我意識中超越出來，同歸道體的永恆與無限境界，修道的全部工夫，就是通過「虛靜」、「無為」、「坐忘」等修養，消除一切相對的分別，使生命系統，趨於無限開放的，平衡和諧的最佳功能態。見孫嘉鴻：〈道教存思術探微〉，《宗教哲學》第54期（2010年12月），頁135。

〔註79〕（唐）司馬承禎子微撰，《坐忘論·得道七》：「夫道者，神異之物，靈而有性，虛而無象。隨迎不測，影響莫求，不知所以然而然，通生無匱謂之道。至聖得之於古，妙法傳之於今，循名究理，全然有實。上士純信，克己勤行，虛心穀神，唯道來集。道有深力，徐易形神，形隨道通，與神合一，謂之神人。神性虛融，體無變滅，形與道同，故無生死。隱則形同於神，顯則神同於氣，所以蹈水火而無害，對日月而無影，存亡在己，出入無間，身為滓質，猶至虛妙，況其靈智益深益遠乎？」（唐）司馬承禎子微撰，上海書店出版社編：《坐忘論一卷·得道七》《道藏》第22冊（上海：世紀出版集團，上海書店出版社，文物出版社，天津古籍出版社，2005年6月），頁896。

〔註80〕（唐）吳筠撰，《宗玄先生玄綱論·道德章第一》：「道者何也？虛無之系，造化之根，神明之本，天地之源，其大無外，其微無內，浩曠無端，杳冥無對，至幽靡察而大明垂光，至靜無心而品物有方，混漠無形，寂寥無聲，萬象以之生，五音以之成，生者有極，成者必虧，生生成成，今古不移，此之謂道也。」（唐）吳筠撰，上海書店出版社編：《宗玄先生玄綱論》《道藏》第23冊（上海：世紀出版集團，上海書店出版社，文物出版社，天津古籍出版社，2005年6月），頁674。

象以之生」〔註81〕宇宙萬物萬象因之而化生。

　　道教的核心為神仙信仰。而神仙思想與神仙方術，從道家思想中作了承繼發展。後來，就在燕齊和荊楚一帶等地域出現了鼓吹長生不死的神仙術士。這些方士利用戰國時期齊人騶衍的五德終始學說，來印證詮釋他們的方術，也就慢慢形成神仙理論系統。而所謂的神仙家，是崇尚求仙、成仙者，如傳說中的王子喬、安期生、羨門高等變成神仙。甚至連始皇、漢武亦為之癡迷的求仙活動，以至於有「自言有禁方，能神仙矣。」〔註82〕多到不可勝數的浮濫地步。這樣的神仙信仰及方術，為道教所承襲，而神仙方術自然成為道教的修煉方式，後來神仙方士也就漸漸衍化為道士。道教揭櫫的理想，是洞天福地的神仙世界，仙境傳說中的美麗與快樂；道教所成仙的方術，來自於神仙信仰的核心，以及追求的是長生不死與修道成仙。「道教的永生是折衷、調停於儒釋之間，在現實世界中尋求長生不死，因而也在名山中尋獲其和諧安樂的樂園，建立其神秘性的宗教輿圖說。」〔註83〕因此道教的神仙文化，理論系統之後，形成龐大且複雜的神仙體系，成為獨特的神仙文化。

　　北宋發展道教理論，如陳摶《指玄篇》、張伯端《悟真篇》等，都致力於教理教義的研究基礎，促進了北宋內丹術的崛起。如《宋史‧陳摶列傳》言；「摶好讀《易》，手不釋卷。常自號扶搖子，著《指玄篇》八十一章，言導養及還丹之事。」〔註84〕將《易》學傳統，匯入道家清靜無為的理念，結合道教修煉方術，讓儒家修養心性與釋家禪理禪趣合而為一。在內丹修煉術上，講求時機、效能、方法論等，潛

〔註81〕　（唐）吳筠撰，上海書店出版社編：《道藏》第23冊，頁674。
〔註82〕　（漢）司馬遷著，楊家駱主編：《新校本史記三家注並附編二種》〈孝武本紀第十二〉（臺北：鼎文書局，1981年8月），卷12，頁464。
〔註83〕　李豐楙：〈不死的探求──從變化神話到神仙變化傳說〉，《中外文學》第15卷第5期（1986年10月），頁36～59。
〔註84〕　（元）脫脫等修撰，楊家駱主編：《新校本宋史並附編三種》〈列傳第二百一十六‧陳摶〉（臺北：鼎文書局，1983年11月），卷457，頁13421。

心修練即可臻於神仙的最高意境。

　　張伯端的內丹理論，對蘇軾道教思想有其影響力。《悟真篇》用詩、詞、曲的方式，闡述內丹術學理。《悟真篇》撰寫序文時間為「熙寧乙卯歲旦」〔註85〕，時值蘇軾不惑之年。《悟真篇》詩中所謂的「丹」，是經由人內心調息涵養，將精氣神合一，煉之為丹。《悟真篇》七言四韻之三，云：「學仙須是學天仙，惟有金丹最的端。二物會時情性合，五行全處龍虎蟠。」〔註86〕學仙就需學天仙的超然境界，能夠修煉到「形神俱妙，與道合真。」〔註87〕的地步，而「修金丹大藥得道者，全身沖天，為無極上品之天仙。」〔註88〕修金丹得道成仙，做到積功累行，即可駕翔鸞而朝北闕。

　　《悟真篇》七言四韻之五，又云：「南北宗源翻卦象，晨昏火候合天樞。須知大隱居塵市，何必深山守靜孤。」〔註89〕此詩講的是內藥法象之埋。所謂金丹，即是「真一之精，造化在外。」〔註90〕醞釀真氣從氣海發出，猶如浪湧風動。而中央正位者，就是丹田中金胎神室，是蘊結內丹凝氣之所。養氣煉丹，需從晨昏起，周而復始如起茁之初，醞育而出。從自身外來的金丹，用以吞入腹中，從體內丹田氣海湧出，自然冥入神室，就像是果實成熟，子孕於胎中。因此，煉氣煉丹時機成熟，自然神化。

〔註85〕　（宋）張伯端撰，上海書店出版社編：《悟真篇・序》《道藏》第 2 冊（上海：世紀出版集團，上海書店出版社，文物出版社，天津古籍出版社，2005 年 6 月），頁二－915。

〔註86〕　（宋）張伯端撰，上海書店出版社編：《紫陽真人悟真篇註疏・七言四韻》《道藏》第 2 冊（上海：世紀出版集團，上海書店出版社，文物出版社，天津古籍出版社，2005 年 6 月），頁二－921。

〔註87〕　（宋）張伯端撰，上海書店出版社編：《紫陽真人悟真篇註疏・七言四韻》，頁二－921。

〔註88〕　（宋）張伯端撰，上海書店出版社編：《紫陽真人悟真篇註疏・七言四韻》，頁二－921。

〔註89〕　（宋）張伯端撰，上海書店出版社編：《紫陽真人悟真篇註疏・七言四韻》，頁二－924。

〔註90〕　（宋）張伯端撰，上海書店出版社編：《紫陽真人悟真篇註疏・七言四韻》，頁二－924。

蘇軾有些詩句，是和《悟真篇》的詩意是相通聯的。如熙寧四年（1071）「乞補外。六月，除杭倅。」〔註91〕寫了〈六月二十七日望湖樓醉書五絕〉其五，詩云：

> 未成小隱聊中隱，可得長閑勝暫閑。我本無家更安往，故鄉
> 無此好湖山。〔註92〕

此詩本來是讚美頌嘆杭州西湖美景，「淡粧濃抹總相宜」〔註93〕任何情境讓人有清幽空靈之美，尤其雨後矇矓的視覺宴饗。詩意中的「小隱」、「中隱」，典引王康琚〈反招隱〉云：「大隱隱朝市，小隱隱藪澤。」〔註94〕及白居易〈中隱〉詩云：「大隱住朝市，小隱入丘樊。樊丘太冷落，朝市太囂喧。不如作中隱，隱在留司官。似出復似處，非忙亦非閑。……唯此中隱士，致身吉且安。窮通與豐約，正在四者間。」〔註95〕詩人擺渡仕隱，興起辭官之念，不禁呼出「長閑勝暫閑」，輕鬆以對。北宋時期，內丹興起，是士人們所感興趣的，透過煉丹養生而達到延壽長生。蘇軾受此道教文化影響，自然崇道學道、學仙求仙。

蘇軾神仙信仰的醞釀萌生，從年少隨眉山道士張易簡開始崇道活動，又受道家老莊虛靜澄明的觀念，以處逆避禍，重新思考人生。在仕宦頻遷，積極崇道，如青年期在終南山太平宮讀道書《道藏》，晚景貶謫時，重讀《抱朴子》並手錄《黃庭經》，悟得人若受道訣，得以登遐昇天。交遊道友以擴增神仙之旅，自己勤練胎息功，服食枸杞、茯苓等養生藥材，這些用以崇道的修煉活動，欲以得道成仙。這些日常生活的養身與修煉，無不受道家道教的神仙信仰影響所致。

〔註91〕孔繁禮撰：《蘇軾年譜》（北京：中華書局，2016年3月），卷10，頁199。

〔註92〕蘇軾：《蘇軾詩集》〈六月二十七日望湖樓醉書五絕·其五〉，卷7，頁341。

〔註93〕蘇軾：《蘇軾詩集》〈飲湖上初晴後雨·其二〉，卷9，頁430。

〔註94〕蘇軾：〈六月二十七日望湖樓醉書五絕·其五〉，卷7，頁341。

〔註95〕蘇軾：〈六月二十七日望湖樓醉書五絕·其五〉，卷7，頁341。

三、北宋內丹學的薰染

　　道教的道家哲學，綰合神仙信仰的核心，成就發展出成仙之道。神人不死之道，成為後世仙學、丹道的依據與探源。從修行修道的角度言之，所謂的神，是一種具有特殊能量，法力無窮的神。然道教的「仙」，必須透過修煉而致的「體道真仙」系統，屬後天的仙聖。〔註96〕而聞一多認為神仙是：「因靈魂不死觀念，逐漸具體化而產生出來的想象的或半想象的人物。」〔註97〕如何讓靈魂不死而能飛升的本領，自由出處，達到長生不老、不死的神仙境界，始終成為人們熱烈追求的議題及目標。

　　葛洪《抱朴子・論仙》云：「若夫仙人，以藥物養身，以術數延命，使內疾不生，外患不入，雖久視不死，而舊身不改，苟有其道，無以為難。」〔註98〕要長生以藥物、術數，使內外不疢於身，仿習自然界動物的長壽之道，煉就導引行氣等養生法，服食丹藥，可達到長生之境。然神仙思想的崛起興盛，無非反映人們對生命延長的渴望，也是對現實世界的一種消極逃避。《道教與傳統文化》提敘言：

> 道教的這種神仙觀念，反映了貴族階級企求永遠享受人間富貴生活的消極思想。長生不死的神仙生活，深深吸引著歷代封建貴族，也只有他們，才有足夠的金錢和時間來燒煉九轉金丹，將道教方術付諸實踐。可是企求延年益壽，長生不老，並非貴族階級如此，廣大人民群眾何嘗沒有這種願望！它實際上是人類的一種普遍的欲望，在中國更為突出。〔註99〕

因此，長生不死的追求，歷代從帝王到庶民，無不著迷神仙生活的逍

〔註96〕參見鄭素春著：《道教信仰、神仙與儀式》（臺北：臺灣商務印書館股份有限公司，2002年3月），頁149。

〔註97〕聞一多：《伏羲考・神仙考》，頁124。

〔註98〕（晉）葛洪撰：《抱朴子內篇》〈論仙〉（臺北：臺灣商務印書館股份有限公司，1968年3月），卷2，頁16。

〔註99〕《文史知識》編輯部編：《道教與傳統文化》（北京：中華書局，1992年3月），頁220。

遙與快樂。神仙之所以神通廣大，無所不能，可以飛昇遁地、可以隱身易形，可以突破空間的限制而來去自如。人們只要積極學道求仙，企求長生，便可享受今生的富貴榮華。神仙思想的傳播，有些被封建社會的統治者利用，鞏固自己的帝權，謀合於道德倫理與政權，對人民進行神權主義的政教目的。但對一般庶民而言，有了神仙信仰的追求，具積極鼓舞作用，甚至抵禦黑暗勢力的一種抗爭方式。神仙思想，看似虛妄，實則也是人們仰賴的精神支柱與心靈象徵。

　　神仙之修煉，強調是專一、守一，存神抱一的工夫，才能達到形神俱妙，與道合一的境界。相信只要專務修道、修煉必成仙，就必須選擇適合場所地點，有個「洞天福地」〔註100〕來進行修為。人在洞天修道，乃登仙的最佳途徑；人居福地，能享福度世，亦可修為正果而成仙。

　　要修煉成仙，其煉養的方術，大致上分為服食與內煉兩種。服食，認定某種礦物性藥物，如丹砂、金、銀、玉、雲母等，早期以鉛汞為主要燒煉成分，燒製成丸藥，稱作金丹，視作不死之藥，但其結果往往帶來服食者中毒的下場。植物性藥物，有黃精、茯苓、胡麻、地黃、天門冬等藥材，這些中藥材藥性溫和具滋補作用，有治病延命養身的療效。然內煉，則指修道者在身心靈進行修煉，行氣、導引、存思、辟穀等工夫，因唐代盛行服食煉丹，卻帶來失敗結果，至宋，有鑑於此，從外丹發展為內丹，內煉修道，自然有健身療效、延年益壽的功用。修道成仙成為道教修煉的根本觀念，也是宗教文化的核心所在。

〔註100〕或許因為煉丹家們總是在深山幽谷之間支鼎起爐，或許是因為煉氣家們總是在絕壁奇洞中抱靜守一，或許因為道士家們總是在名山勝景之地建立道官，所以這些富有傳奇和神秘色彩的深山幽谷、絕壁異洞、名山勝景便成為理想的仙境素材，道教就是據此建構起了人間的仙界靈境，稱之為「洞天福地」。每地都由上天專遣先官而分治之。見于春松：《仙與道：神仙信仰與道家修身》（海口：海南出版社，2016 年 7 月），頁 80。

　　何謂「內丹」？它是「通過修煉體內的精或氣，最終在自己體內練成不老不死的金丹。」〔註101〕李養正《道教概說》為內丹作註解，言：

> 內丹指以己身為爐灶，以己身中之精氣為藥物，以神為運用，在己身中修煉，使精氣神聚凝不散而成之「仙丹」，稱為內丹。〔註102〕

內丹演化，從東漢末即發展，迄至魏晉的《黃庭經》言：「琴心三疊舞胎仙」〔註103〕也是講內丹。魏晉之前，講究的內丹以存思、行氣、胎息、神丹等，由於提煉神丹金液服食，有違人體傷害，因此這些修道者不得不換個方向，從導引、行氣、守一等內煉的方式，從己身、從心煉出發，以己身精氣神為軸，使之不散，藉以修道養氣。至隋代蘇元朗著《旨道篇》示人之後，道教始知有內丹。內丹，是以自身體內形成以萬蘊宇宙為主，可創生出宇宙萬物根源的力量，以一種內觀返照方式，尋找生命宇宙萬物之源。〔註104〕內丹強調的是精氣神併俱，身心合一，自然臻於「本真狀態」〔註105〕。因此，守神丹成

〔註101〕郭明威：〈宋濂的內丹養生法——兼論其儒、道會通思維〉，《鵝湖》第43卷第9期（總第513期）（2018年3月），頁22～31。

〔註102〕李養正著：《道教概說》（北京：中華書局，1990年12月），頁297。

〔註103〕（唐）白履忠（梁丘子），（明）李一元秘著者：《黃庭經秘註二種》〈上清章第一〉（臺北：自由出版社，1976年8月），卷上，頁22。

〔註104〕蓋內丹修煉最終想達致的，乃是使體悟宇宙萬物之根本源頭，使生命獲得無限之智慧及自由；其採取的方法，既不同於西方傳統形上學所採取的思辨方式，也不是如外丹的煉製程序一般，反之，而是將原本為有限或屬於經驗界的生命轉化為一形而上或超越經驗的存在，並使生命親證宇宙、生命之究竟真實。參見蕭進銘：〈從外丹到內丹——兩種形上學的轉移〉，《清華學報》新第36卷第1期（2006年6月），頁31～72。

〔註105〕德國大宗師海德格（M. Heidegger）喜道，「語言是存有的安宅」，「語言」、音聲被自覺、被發掘而作為「工具」之前，它是開顯存有的人之存在樣態，而作為「工具」意義的前後兩種存有樣態是斷裂的。同樣的，身體技術被運用作工具之前，它也正是人的存有樣態；譬如成人的身體運用，常常是工具性的思考，而兒童似乎更近似於非工具性的、本真的存有狀態，這兩種不同意義的身體觀之存有也是

煉氣，使內丹學系統化，並加以推廣，北宋內丹學的興盛，成為道士們主要修煉之道、之法，這些都是人們欲超越有限生命，企圖探索永恆之生命。

　　唐末五代，為內丹術的發展關鍵，是內丹學成熟和完備時期。此期有鍾離權《靈寶畢法》、呂洞賓傳承鍾離權煉丹之鑰，施肩吾《鍾呂傳道集》、陳摶《指玄篇》、另作《無極圖》等以內丹學傳功度人，這些修道者，已將內丹煉術建立一套完整的理論系統。鍾呂丹法是一種性命雙修，形神並進的修煉法，凝聚了精、氣、神為柢，汲取先天一炁，次第分明有序，步步為營，吸引崇道者實驗其理。

　　至宋，張伯端《悟真篇・序》，言：「蓋欲序正人倫，施仁義禮樂之教，故於無為之道未嘗顯言，但以命術寓諸易象，以性法混諸微言耳。」〔註106〕進一步完備了修煉法，在三教合一的磐石基礎，結合儒家仁義禮樂，以及道教修煉修為的方術，成就神仙必然因素。內丹學的修煉工夫是一種返本歸根的人體工學，由坤返乾之術。認為宇宙演化與人之生命均可逆旅、逆向操作，找出逆煉歸元而能成仙得道。順則生人生物，逆則修煉成仙。修煉修道者，透過煉精化氣→煉氣化神→煉神還虛的過程中，終於還於虛無之道。如此，從逆向思考，最後內丹通達煉成。

　　蘇轍《龍川略志・養生金丹訣》特別強調內丹修煉的必要性，言：
　　養生有內外。精氣，內也，非金石所能堅凝。四支、百骸，

　　斷裂的。所以，我們可以為海德格的名言下一轉語──「身體是存有的安宅」。甚至可以說，對於「存有」而言，「身體」較諸於「語言」，更具有原始性與根源性。所以，內丹的「身體觀」，則又絕非「工具義」所能限囿。在內丹家的終極境界中，存有樣態的斷裂，被彌縫了、被超越了！唯有「元神」靈覺獨運，開顯本真的存有。見鄭燦山：〈道教內丹的思想類型及其意義──以唐代鍾呂《靈寶畢法》為論述核心〉，《臺灣宗教研究》第9卷第1期（2010年6月），頁54～55。

〔註106〕（宋）張伯端，上海書店出版社編：《紫陽真人悟真篇三注・悟真篇序》《道藏》第2冊（上海：世紀出版集團，上海書店出版社，文物出版社，天津古籍出版社，2005年6月），頁二－973。

外也，非精氣所能變化。欲事內，必調養精氣，極而後內丹
成，內丹成，則不能死矣。然隱居人間久之，或託尸假而去，
求變化輕舉，不可得也。蓋四大，本外物和合而成，非精氣
所能易也。惟外丹成，然後可以點瓦礫，化皮骨，飛行無礙
矣。然內丹未成，內無以受之，則服外丹者多死，譬積枯草
弊絮而寘火其下，無不焚者。〔註107〕

從內煉氣，調養精氣，而後內丹聚成。在此將內外丹的關係，說得很清
楚。「內丹成，則不能死。」、「外丹成，然後可以點瓦礫，化皮骨，飛
行無礙矣。然內丹未成，內無以受之，則服外丹者多死。」也為《悟真
篇》以後的道教金丹理論，對傳統方術的否定，作了理論上的準備。至
南宋，全真道教完全屏除外丹的黃白術，只講求內丹修煉。〔註108〕

蘇軾對內丹學頗有心得，〈龍虎鉛汞說寄子由〉云：

龍者，汞也，精也，血也。出於腎，而肝藏之，坎之物也。
虎者，鉛也，氣也，力也。出於心，而肺上之，離之物也。
心動，則氣力隨之而作。腎溢，則精血隨之而流。如火之有
烟，未有復反於薪者也。世之不學道。其龍常出於水，故龍
飛而汞輕。其虎常出於火，故虎走而鉛枯。此生人之常理
也。順此者死，逆此者仙。故真人之言曰：「順行則為人，
逆行則為道。」又曰：「五行顛倒術，龍從火裏出。五行不
順行，虎向水中生。」〔註109〕

龍虎鉛汞，為精氣血力。出於心，氣力則隨之而作。故真人言：「順行
則為人，逆行則為道。」這些論說可謂是內丹學之要旨原理。誠如《悟
真篇》所言：「虎躍龍騰風浪麤」〔註110〕龍虎丹氣，我之真氣從氣海

〔註107〕 蘇轍撰，俞宗憲點校：《龍川略志・養生金丹訣》（北京：中華書局，
　　　　　1997年12月），卷1，頁3。

〔註108〕 參見任繼愈主編：《中國道教史》（上海：上海人民出版社，1991年
　　　　　7月），頁449。

〔註109〕 蘇軾：《蘇軾文集》〈龍虎鉛汞說寄子由〉，卷73，頁2331。

〔註110〕 （宋）張伯端，上海書店出版社編：《紫陽真人悟真篇三注》〈七言
　　　　　律詩八首・五〉，《道藏》第2冊（上海：世紀出版集團，上海書店
　　　　　出版社，文物出版社，天津古籍出版社，2005年6月），卷1，頁二
　　　　　─979。

直上，如風動浪湧般，於丹田中央金胎神室，結聚凝氣。而宇宙創生萬物，內丹家積極尋找能逆煉歸元以成仙長生之道，究明生命的本源與價值。蘇軾於此，下番不少的心力以崇道求仙。

蘇軾自己對內丹修煉，領悟其中道理，〈養生訣上張安道〉云：

> 近年頗留意養生。讀書，延問方士多矣，其法百數，擇其簡而易行者，間或為之，輒有奇驗。今此閑放益究其妙，乃知神仙長生非虛語爾。其效初不甚覺，但積累百餘日，功用不可量。比之服藥，其力百倍。久欲獻之左右，其妙處，非言語文字所能形容。……閉息內觀，納心丹田，調息漱津，皆依前法。如此者三，津液滿口，即低頭嚥下，以氣送入丹田。須用意精猛，令津與氣谷谷然有聲，徑入丹田。又依前法為之。凡九閉息，三嚥津而止。然後以左右手熱摩兩腳心，（此湧泉穴上徹頂門，氣訣之妙。）及臍下腰脊間，皆令熱徹，（徐徐摩之，微汗出，不妨，不可喘促。）次以兩手摩熨眼、面、耳、項，皆令極熱。仍按捏鼻樑左右五七下，梳頭百餘梳而臥，熟寢至明。右其法至簡近，唯在常久不廢，即有深功。且試行一二十日，精神自己不同，覺臍下實熱，腰腳輕快，面目有光，久之不已，去仙不遠。〔註111〕

養生之道，其妙用無窮，非言語文字所能形容，神仙長生非虛妄之語。只要力行修煉，持之行久，不廢不已。從閉息內觀→納心丹田→調息漱津，反復再三，使津液滿口旋即低頭嚥下，以氣送入丹田。徑入丹田時，須用力、用意精猛，令津氣谷谷有聲。用胎息法訣，使身心不衰，要訣在「內含元和，終日不散，膚體潤澤，手足汗出。」〔註112〕

〔註111〕蘇軾：《蘇軾文集》〈養生訣上張安道〉，卷73，頁2335～2336。
〔註112〕《雲笈七籤・胎息精微論》：「身不衰老，內食太和元氣為首。清淨自煉，委身放體，志無念慮，安定臟腑，洞極太和，長生久視，潛氣不動，意如流水前波已去，而後波續處不返也，行之不休，得道真矣。每日入淨室，守玄元。玄元謂存玄門。玄中有玄，是我命；命中有命，是我形；形中有形，是我精；精中有精，是我氣；氣中有氣，是我神；神中有神，是我自然。德以形為車，道以氣為馬，魂以精為根，魄以目為戶。形勞則德散，氣越則道叛，精銷魂損，目勤魄微。是以靜形愛氣，全精寶視，道德凝密，魂魄固守。所以

求安神靜定，不憂慮不煩擾，使氣道通暢。修內丹煉道至此，即通達神仙長生之道。在蘇軾文學作品中，提到如胎息、黃庭、守一、採日月華、閉息等內丹修煉法，終其目的為了內丹煉功，如蘇轍所言：「欲事內，必調養精氣，極而後內丹成，內丹成，則不能死矣。」〔註113〕可見，蘇軾對內丹學之鑽研以求長生之企慕與渴望。

自北宋流傳《悟真篇》後，傳行於儒士文人間，無不煉內丹以養生、以長生。蘇軾對煉丹養生之道，雖不及蘇轍，但詩人自有其研究見解。內丹修煉有別於外丹，主要透過內觀、守靜、存思、守一、服氣、行氣、胎息、導引、辟穀等諸術。用反視內觀、胎息服氣、導引吐納等修煉法，於人體中內部結成「金丹」，進而達到長生延壽作用。內丹，在體內進行修煉，以己身精氣為藥，以神氣導引施之，使精、氣、神聚而不散為「仙丹」，此乃道家煉求修真之術。

蘇軾懂得這樣的修煉方式，依《雲笈七籤》云：「修道者，欲求胎息，先須知胎息之根源，按而行之，喘息如嬰兒在腹中，故名胎息矣。乃知返本還元，知老歸嬰，良有由矣。綿綿不絕，胎仙之道成焉。」〔註114〕掌握學道要訣，首重胎息。像嬰兒在母腹中，自服內氣，握固守一。然〈寄子由三法・胎息法〉言：「養生之方，以胎息為本。」〔註115〕故胎息，又稱作閉息、龜息，乃為內丹術之一。〈寄子由三法・學龜息法〉亦言：「每旦輒引吭東望，吸初日光，嚥之。」〔註116〕胎息，煉氣時不以鼻口噓吸，如在胞胎之中。道教修真煉術，

含道不言，得氣之真；肌膚潤澤，得道之根。手足流汗，精氣充溢，不饑不渴，龜龍胎息。……凡餌內氣者，用力寡而見功多。惟在安神靜慮，不煩不擾，則氣道疏暢，關節開通，內含元和，終日不散，膚體潤澤，手足汗出，長生之道，訣在此矣。」（宋）張君房編：《雲笈七籤》（北京：齊魯書社，1988年9月），卷58，頁323。

〔註113〕　蘇轍撰，俞宗憲點校：《龍川略志・養生金丹訣》（北京：中華書局，1997年12月），卷1，頁3。

〔註114〕　張君房：《雲笈七籤》，頁326。

〔註115〕　蘇軾：《蘇軾文集》〈寄子由三法・胎息法〉，卷73，頁2337。

〔註116〕　蘇軾：《蘇軾文集》〈寄子由三法・學龜息法〉，卷73，頁2339。

經詩人過濾、整理後,以文學角度來看待這些煉功意境。

在詩作數例中,如〈十一月九日,夜夢與人論神仙道術,因作一詩八句。既覺,頗記其語,錄呈子由弟。後四句不甚明了,今足成之耳〉詩云:

> 照夜一燈長耿耿,閉門千息自濛濛。〔註117〕

煉閉息功後,似夢非夢的身體反應,使氣輕往鼻中往來,雖千息亦不倦的養生之功。如〈聞正輔表兄將至,以詩迎之〉云:

> 目聽不任耳,踵息殆廢喉。〔註118〕

煉就閉息功後,可以如老聃弟子亢倉子能以耳視目聽。當閉息時,守一意念直達湧泉穴,使吐納直至於「踵」,不藉喉呼吸,運氣通暢於己身。又〈次韻高要令劉湜峽山寺見寄〉詩云:

> 空腸吐餘思,靜似蠶綴簇。寸田結初果,秀若銅生綠。荊棘
> 掃誠盡,梨棗憂不熟。〔註119〕

「空腸」指的是不食五穀後的修煉狀況,使真氣通暢運行於己身體內。人如果不食五穀,斷其穀氣,就能斷其三尸,〔註120〕三尸賴穀氣滋養,如未能形於體內,無法生存,自然滅除邪惡,故要延年長生益壽,必煉就辟穀之養生術。蘇軾認為閉息無論是坐或臥床,必是靜息,猶簇結的繭蠶。一旦內丹煉成,雜思盡除,那麼梨棗豈能不成乎?

〔註117〕 蘇軾:《蘇軾詩集》〈十一月九日,夜夢與人論神仙道術,因作一詩八句。既覺,頗記其語,錄呈子由弟。後四句不甚明了,今足成之耳〉,卷39,頁2154。

〔註118〕 蘇軾:《蘇軾詩集》〈聞正輔表兄將至,以詩迎之〉,卷39,頁2143。

〔註119〕 蘇軾:《蘇軾詩集》〈次韻高要令劉湜峽山寺見寄〉,卷40,頁2188。

〔註120〕 道教認為人體中有三蟲,亦名三尸、三彭。上尸名彭倨,好寶物;中尸名彭質,好五味,下尸名彭矯,好色欲。《太清中黃真經》說,上尸居腦宮,中尸居明堂,下尸居腹胃。《中山玉匱經服氣三蟲訣·說三尸》說,三尸常居人脾。三尸是欲望產生的根源,是毒害人體的邪魔。……《上清黃庭內景經》說:「百穀之實土地精,五味外美邪魔腥,臭亂神明胎氣零,那從反老得還嬰?三魂忽忽魄糜傾,何不食氣太和精,故能不死入黃寧。」此即宣揚以食氣之術以達到辟穀。見李養正:《道教概說》(北京:中華書局,1990年12月),頁312。

又〈和子由送將官梁左藏仲通〉詩云：

> 伏波論兵初矍鑠，中散談仙更清遠。南都從事亦學道，不惜
> 腸空誇腦滿。〔註121〕

元豐元年（1078）徐州任上，唱和弟轍詩，認為己志仍似伏波將軍馬
援老而強健，也能像嵇中散常修身養性，自足於彈琴詠詩，修習於神
仙導養之理。蘇軾認為弟轍天資近道，又得至人的長生之訣。「腸空」
亦屬辟穀術，同義「空腸」，要「腸中無滓」〔註122〕得以不死、不老。
《真誥·上清真人馮延壽口訣》云：「夫學生之夫，必夷心養神，服食
治病，使腦宮填滿，元精不傾，然後可以存神服霞，呼吸二景耳。」
〔註123〕修道時，必夷心養神讓腦宮填滿，使元氣不洩，慧心內照而存
神，涵養黃庭內外二景經，守靜使神不外游。

〈十二月十七日夜坐達曉，寄子由〉詩云：

> 燈爐不挑垂暗蕊，爐灰重撥尚餘薰。清風欲發鴉翻樹，缺月
> 初升犬吠雲。閉眼此心新活計，隨身孤影舊知聞。雷州別駕
> 應危坐，跨海清光與子分。〔註124〕

紹聖四年（1097）自惠州謫昌化軍安置，謫命更改再三，改得快急，
令詩人難以招架。無語蒼天的情緒，這一夜淒冷孤絕。子夜時分，夜
坐煉胎息功，將海上道人傳授以神守氣訣的方法，「但向起時作，還
於作處收。」〔註125〕初學行氣時，常是入多出少。因此「閉眼此心新
活計」需重新整理心氣，調息勻稱。兄弟境遇相似，臆測在雷州的蘇
轍，此刻應是端坐煉功，就把「清光」跨海分一半給予他，足見念茲
在茲的手足情誼。

〔註121〕蘇軾：《蘇軾詩集》〈和子由送將官梁左藏仲通〉，卷16，頁826。
〔註122〕《莊周氣訣解》：「仙訣曰：『欲得不死，腸中無滓；欲得長生，五藏
　　　　當清；欲得不老，還精補腦。蓋為行道也。』」。（戰國）莊周解：《三
　　　　訣同卷·莊周氣訣解盡六》《正統道藏》第206冊盡命，（臺北：藝文
　　　　印書館印行，1962年），頁3。
〔註123〕（南朝宋）陶弘景撰：《真誥（二）》〈上清真人馮延壽口訣〉（臺北：
　　　　臺灣商務印書館，1965年12月），卷10，頁134。
〔註124〕蘇軾：《蘇軾詩集》〈十二月十七日夜坐達曉，寄子由〉，卷41，頁2284。
〔註125〕蘇軾：《蘇軾詩集》〈海上道人傳以神守氣訣〉，卷40，頁2209。

　　蘇軾善用內丹學理論，付諸實際煉丹修道工夫，以閉息內觀，納心丹田，調息漱津等煉丹術，調和身心。而內丹修煉法，將人體視作爐鼎，以己身體內的精、氣為藥石，運神去燒煉，終於精、氣、神，凝聚不散而成聖胎，再經脫胎為「地仙」，最後精煉九年，神仙抱一、守一，然後離開軀體，永世長生，與道合真，即可變化倏忽無窮。〔註126〕蘇軾信服這套金丹煉功理論，排除政治迫害的壓力，提升精神境界的寧靜與清明。加上北宋內丹學之盛，傳行於儒士間，探索生命之源與生命自主之道，特重己身精、氣、神的凝煉，與道合真，臻於長生而不老、不死的超然境界。

四、讀道書、道經的領悟

　　北宋帝君崇道，認為有宗教文化的加持，權充封建帝制之建立，護衛家天下之磐石，成為帝王的護具，利用宗教抬高聲勢，尊顯身世。崇道的帝君們，無非希望能長生不死，永保國祚之緜長恆久，也藉由宗教祈福禳災之科儀活動，深得民心、贏得名望。

　　自東晉後，一些道教修道者將儒家倫理納入道教思想系統，認為「欲求仙者，要當以忠孝和順仁信為本。」〔註127〕儒家的忠孝仁信有助於成仙，如果「德行不修，但務方術，皆不得長生也。」〔註128〕務以禮法為度，修行德術，否則專求術數，亦不得長生。所以道教思想，即被封建統治者視作對國教有益助的學術理論。然老子道家清靜無為的思想，亦被北宋帝君重視。如宋真宗景德三年，詔曰：「老氏立言，實宗於眾妙，能仁垂教。蓋誘夫羣迷，用廣化樞，式資善利。」〔註129〕讚賞尊奉老子無為思想，能仁垂教、宗於眾妙之用。

〔註126〕參見鄭素春：《道教信仰、神仙與儀式》（臺北：臺灣商務印書館，2002年12月），頁216。
〔註127〕（晉）葛洪撰：《抱朴子內篇・對俗》（臺北：臺灣商務印書館股份有限公司，1968年3月），卷3，頁48。
〔註128〕（晉）葛洪撰：《抱朴子內篇・對俗》，卷3，頁48。
〔註129〕（宋）李攸撰：《宋朝事實・道釋》（臺北：臺灣商務印書館股份有限公司，1968年3月），卷7，頁123。

道家道教文化之盛，除了封建統治者政治目的外，主事者迷信神仙長生不死，延年益壽長命富貴的想法，無論尊卑與否，確是深植人心。求長生、祈福禳災，修建道觀等，祈禱國祚昌隆，就成為帝君必行之朝政大事。

　　道教神仙思想之根源，乃追求人之不死，延長生命的意義價值。能維持不死，即能成為神仙，是俗人凡塵所欽羨的，可避開苦難，享樂生活。道教神仙之所以吸引人，除了修煉丹術外，打開神仙秘境之鑰，尚須透過道書的宣揚，深入教義，悟得其理，經過己身修養修煉，學道以成仙。北宋因印刷術的發達，除了朝廷君王崇尚推動，民間百姓虔誠信仰之下，道書大量的產生，無不影響崇道風氣的熾盛氛圍。

　　道教經籍冊書成《藏》，始自唐玄宗年代。由道士張仙庭負責編纂，收集道書冊數多達三千餘卷，名為《開元道藏》。後經安史、五代戰亂，道書經焚毀、散佚多半。至宋，政經穩定興盛後，經宋帝君多次詔令編纂、整理、重修《道藏》。第一次在宋太宗時期，蒐集道書得七千餘卷，命散騎常侍徐鉉、王禹偁等校對，去其重復，得三千七百三十七卷。第二次在宋真宗大中祥符年間，按徐鉉等第一次所修舊目，凡四千三百五十九卷，賜名為《寶文統籙》。第三次也在宋真宗時，命海寧謫官張君房修《藏》。第四、五次則在徽宗、孝宗時期。徽宗道藏，名曰《政和道藏》或《政和萬壽道藏》，才正式有刊本發行。南宋孝宗趙眘道藏，名為《瓊章寶藏》。〔註130〕

〔註130〕第四次修藏是在宋徽宗時期。崇寧、大觀年間（公元1102～1110年），詔令搜訪道書，就書藝局令道士校訂《大宋天宮寶藏》，增至五千三百八十七卷。政和三年（西元1113年）又詔天下訪求道教仙經，設經局，敕道士元妙宗、王道堅（龍虎山道士，制授太素大夫）詳加校訂，送福州閩縣由龍圖閣直學士中大夫福州郡守黃裳役工鏤板，全藏共五百四〇函，五千四百八十一卷，名《萬壽道藏》，又因修藏於政和年間（西元1111～1118年），故又稱《政和道藏》、或《政和萬壽道藏》。我國《道藏》自此才有正式的刊本。第五次修藏是在南宋孝宗趙眘淳熙年間（西元1174～1189年）名《瓊章寶藏》。李養正：《道教概說》，頁178。

李養正《道教概說》，依鄭樵的說法，所謂「道家」，已涵蓋道教文化的修煉原理範疇，認為是：

> 但從宋鄭樵（西元 1103～1160 年）《通志‧藝文略》所載「道家」的書籍，有老子、莊子、諸子、陰符經、黃庭經、參同契、目錄、傳、記、論、書、經、科儀、符籙、吐納、胎息、內視、導引、辟谷、內丹、外丹、金石藥、服餌、房中、修養等二十五類這一事看來，在當時道教與道家的書籍是混合未分的，因而可以推知那時的《道藏》中是包含有哲學流派的道家諸子和道教的符圖經戒的。〔註131〕

道家哲學與道教修煉方術，已然是結合不分彼此。其教義教理互通相容，足見宋諸帝對儒釋道的兼容並蓄，推廣思想文化的傳播，宗教信仰的發展。《道藏》重修編纂，經宋帝大力推行，影響民間信仰的主流，傳行於文士間，發展成為新儒學系統，理學的興發，援佛入儒，以儒家禮義教化為旨，匯通道教宇宙生成觀和佛家的思辨哲學，使儒、釋、道融為一體。

北宋崇道文化，影響年輕時的蘇軾。尤其家鄉眉州青城山，又是道教聖地。自小受道士張易簡道教思想啟蒙，讓他能在顛沛一生中，屢挫失意，宦途不遂，仍持隨緣處順，淡泊簡遠的曠達思維，度過危急。這與他領悟道家哲學與道教內煉工夫有關。道教神仙思想〔註132〕，著實令蘇軾欽羨，能暫時逃避現世黑暗殘酷，透過學道求仙，飛升至洞天福地的仙境中，忘卻煩惱、躲開紛爭，享受長生不死的神仙生活，是一種美麗遐想。

年輕蘇軾出川，漫遊名山道觀，寫下〈留題仙都觀〉、〈仙都山鹿〉、〈過木櫪觀〉、〈神女廟〉等詩作，這些神仙吟詠的詩作，透露詩

〔註131〕李養正：《道教概說》，頁 312。
〔註132〕道教的本質深具民俗性和現實性，能以通俗民間信仰、傳說為基礎，廣泛涵融諸多學派及方術，而其目標則以追求現實的永生為其願望與理想：人間的樂園即為一完美而和諧的世界，超脫於時間、空間的侷限，自由自在地享有其永恆的生命。見李豐楙：《仙境與遊歷：神仙世界的想像》（北京：中華書局，2010 年 10 月），頁 446。

人欲入山林學道求仙的意念，迄至晚年流徙嶺南、海南，仍是念茲在茲。蘇軾在時風薰染下，閱讀許多道書道經，對神仙思想之悟，內丹修煉之方，多所心得。他決意要上終南上清宮讀《道藏》，寫給弟轍〈將往終南和子由見寄〉詩云：

> 人生百年寄鬢鬚，富貴何啻葭中莩。惟將翰墨留染濡，絕勝醉倒蛾眉扶。我今廢學如寒竽，久不吹之澀欲無。歲云暮矣嗟幾餘，欲往南溪侶禽魚。秋風吹雨涼生膚，夜長耿耿添漏壺。窮年弄筆衫袖烏，古人有之我願如。終朝危坐學僧趺，閉門不出閑履舃。下視官爵如泥淤，嗟我何為久踟躕。歲月豈肯與汝居，僕夫起餐秣吾駒。〔註133〕

蘇軾將人生富貴官爵，視作兼葭內的薄膜及泥淤一般，毫不在意身外榮利。無奈受迫父兄輩求仕進之心，廢學了當年隨道士張易簡學道的內容，讀《道藏》的部分，等同被棄絕的「寒竽」，早已發澀無聲，現有機會重新學道，精讀《道藏》，往終南山尋仙，可以「侶禽魚」為伍，學學「終朝危坐學僧趺，閉門不出閑履舃。」，練習導引行氣、閉息漱津等內丹奧牛訣，唯有悟得《道藏》精髓，進入神仙之境，因為歲月「豈肯與汝居」，有時不予我之嘆。唯有神仙不死，才是追尋鵠的。

接續，寫下〈讀道藏〉一詩，云：

> 嗟余亦何幸，偶此琳宮居。宮中復何有，戢戢千函書。盛以丹錦囊，冒以青霞裾。王喬掌關籥，蚩尤守其廬。乘閒竊掀攬，涉獵豈暇徐。至人悟一言，道集由中虛。心閑反自照，皎皎如芙蕖。千歲厭世去，此言乃籧篨。人皆忽其身，治之用土苴。何暇及天下，幽憂吾未除。〔註134〕

蘇軾讚嘆何其有幸，來到終南山的太平宮，道觀中藏書豐富「千函書」。《列仙傳》云：「妙哉王子，神遊氣爽。笙歌伊洛，擬音鳳響。」〔註135〕仙人王子喬好吹笙篇，作鳳凰鳴，遊伊洛之間，被道士浮丘公

〔註133〕蘇軾：《蘇軾詩集》〈將往終南和子由見寄〉，卷4，頁180～181。
〔註134〕蘇軾：《蘇軾詩集》〈讀道藏〉，卷4，頁181～182。
〔註135〕（漢）劉向撰：《列仙傳・王子喬》（臺北：藝文印書館，1967年，《百部叢書集成》影印《琳琅秘室叢書》本），卷上，頁12。

接引嵩高山。《道藏》裡將黃帝、蚩尤的涿鹿之戰，畫出蚩尤守禦之狀。蘇軾來到太平宮，專心研讀《黃庭經》。蘇軾專心讀道經，通徹至人之言，從《黃庭經》領悟其理，寫下「心閑反自照，皎皎如芙蕖。千歲厭世去，此言乃籧篨。」替他日後的學道學仙，奠定基石。

　　蘇軾研讀道藏經典，更驅動早歲孳生的學道求仙的動力。要修道成仙，學有道者「異乎俗者」〔註136〕的處世觀，如子州支伯「予適有幽憂之病，方且治之，未暇治天下也。」〔註137〕顏闔「道之真以治身，其緒餘以為國家，其土苴以治天下。」〔註138〕修道者以道的本真來專務全身養生，未暇以治天下。至於，真要治理天下就用「土苴」方式，以道之糟粕、道之殘餘以治。一般俗人皆食五穀五味，而道人獨飲陰陽元氣。要修煉成仙成道，務求精氣之積累，如《黃帝素問靈樞集註》所云：「智者之養生也，必順四時而適寒暑，和喜怒而安居處，節陰陽而調剛柔。如是，則僻邪不至，長生久視。」〔註139〕智者養生之道，順四時適寒暑，調陰陽剛柔，僻邪不至，安神定慮則可長生，治好「幽憂」之疾。

　　熙寧七年（1074），蘇軾自認與朝廷理念不合，自請外任。從杭州經歸安、潤州、海州、漣水、諸城縣赴密州途中，經湖州，有回先生拜訪東林沈氏，飲醉，以石榴皮書其家東老庵之壁，蘇軾為此賦詩曰：

　　符離道士晨興際，華岳先生尸解餘。忽見黃庭丹篆句，猶傳
　　青紙小朱書。〔註140〕

〔註136〕（清）郭慶藩編，王孝魚整理：《莊子集釋》〈讓王第二十八〉（臺北：木鐸出版社，1988年元月），卷9下，頁966。

〔註137〕（清）郭慶藩編，王孝魚整理：《莊子集釋》，卷9下，頁966。

〔註138〕（清）郭慶藩編，王孝魚整理：《莊子集釋》，卷9下，頁971。

〔註139〕（宋）史崧集註，上海書店出版社編：《黃帝素問靈樞集註・本神第八》《道藏》第21冊（上海：世紀出版集團，上海書店出版社，文物出版社，天津古籍出版社，2005年6月），卷4，頁二一－398。

〔註140〕蘇軾：《蘇軾詩集》〈回先生過湖州東林沈氏，飲醉，以石榴皮書其家東老庵之壁云：「西鄰已富憂不足，東老雖貧樂有餘。白酒釀來因好客，黃金散盡為收書。」西蜀和仲，聞而次其韻三首。東老，沈氏之老自謂也，湖人因以名之。其子偕作詩，有可觀者・其二〉，卷

　　元祐三年（1088），官翰林學士知制誥兼侍讀，蘇軾悟得《黃庭經》真義，誦讀後可以和六腑、寧心神，使人得仙。詩人自言：「太上虛皇出靈篇，黃庭真人舞胎仙。」〔註141〕《黃庭經》以虛無為主，《黃庭經》首章「上清紫霞虛皇前」〔註142〕上清，乃大聖之所居。上清者，虛皇大道，君之所治，即大道之域。然「琴心三疊舞胎仙」〔註143〕疊積存三丹田，使和積如一，則胎仙可致。胎仙，其胎靈。大神以其心和則神悅，故舞胎仙。因此手書《黃庭內景經》，贈葆光道師蹇道士。蘇轍〈次韻子瞻書黃庭內景經卷後贈蹇道士拱辰〉言：「君誦黃庭內外篇，本欲洗心不求仙。」〔註144〕讀好道經中的真義，「可用存思登虛空」〔註145〕煉就學仙之道，「一暑一寒久自堅，體中風行上通天。」〔註146〕調理好精氣，便寒暑不侵。

　　兄弟倆送蹇道士歸遊廬山，各有詩作，蘇軾云：

　　　　往者一空還者失，此身正在無還間。綿綿不絕微風裏，內外
　　　　丹成一彈指。人間俯仰三千秋，騎鶴歸來與子游。〔註147〕

蘇轍言：

　　　　歸來插足九陌塵，獨遊凝祥芳草春。蕭然孤鶴鳴雞羣，子欲
　　　　不死存谷神。海山微明朝日暾，丹成寄子勿妄云。出入無朕

　　　　12，頁 588～589。

〔註141〕　蘇軾：《蘇軾詩集》〈書《黃庭內景經》尾并敘〉，卷30，頁 1596。

〔註142〕　（唐）白履忠（梁丘子），（明）李一元秘著者：《黃庭經秘註二種》〈上清章第一〉（臺北：自由出版社，1976 年 8 月），卷上，頁 20。

〔註143〕　（唐）白履忠（梁丘子），（明）李一元秘著者：《黃庭經秘註二種》，卷上，頁 22。

〔註144〕　蘇轍著，陳宏天、高秀芳點校：《蘇轍集・欒城集》〈次韻子瞻書黃庭內景卷後贈蹇道士拱辰〉（北京：中華書局，1999 年 7 月），卷 16，頁 306。

〔註145〕　（唐）白履忠（梁丘子），（明）李一元秘著者：《黃庭經秘註二種》〈脾長章第十五〉，（臺北：自由出版社，1976 年 8 月），卷中，頁 84。

〔註146〕　蘇轍：〈次韻子瞻書黃庭內景經卷後贈蹇道士拱辰〉，卷 16，頁 306。

〔註147〕　蘇軾：《蘇軾詩集》〈送蹇道士歸廬山〉，卷30，頁 1597～1598。

窮無垠，相思一笑君乃信。〔註148〕

兄弟倆對金丹成的煉成，仍有異曲同工之妙。一為「內外丹成一彈
指」；一為「子欲不死存谷神」。蘇軾仍瀟灑道出「人間俯仰三千秋，
騎鶴歸來與子游。」人世間往返，倏忽即過，能煉道成仙，還是希冀
能騎鶴歸來的仙境國度。元祐六年（1091）三月還朝，從杭州任復返
朝廷，留別塞道士言：「寸田滿荊棘，梨棗無從生。何時返吾真，歲月
今崢嶸。」〔註149〕在不平凡的歲月中，何時返真，將是彼此重視的人
生課題。

　　蘇軾桑榆晚景，謫居嶺南惠州，惠州羅浮山為葛洪修煉煉丹處。
葛洪重金丹煉術，屬外丹學派。蘇軾在艱澀環境中，重拾外丹名著
《抱朴子》研讀，〈和陶讀《山海經》〉引言明講：「余讀《抱朴子》，
有所感。」〔註150〕確有番新的解讀心得。重讀《抱朴子》，讓蘇軾更
重視重讀道書的精髓。重讀時間，從「幽人掩關臥，明景翻空廬。開
心無良友，寓眼得奇書。」〔註151〕謫居惠州，空闋無人，唯有道書伴
隨落拓詩人，就把《抱朴子》視作「奇書」，重新檢視、重新思索，不
免感慨言「學道雖恨晚，賦詩豈不如。」〔註152〕重讀《抱朴子》，信
篤自己為「畸人」，找到通往仙境徑途「仇池有歸路，羅浮豈徒來。」
〔註153〕詩人自註云：

> 在潁州，夢至一官居，顧視堂上，榜曰：「仇池」。覺而念之：
> 仇池，武都氏故地，楊難當所保；余何為而居之？明日以問
> 客。客有趙令畤者，曰：「此乃福地小有洞天之附庸也。杜
> 子美蓋云：萬古仇池穴，潛通小有天。」〔註154〕

〔註148〕蘇轍著，陳宏天、高秀芳點校：《蘇轍集・欒城集》〈送葆光塞師遊
　　　　廬山〉（北京：中華書局，1999年7月），卷16，頁306。
〔註149〕蘇軾：《蘇軾詩集》〈留別塞道士拱辰〉，卷33，頁1765。
〔註150〕蘇軾：《蘇軾詩集》〈和陶讀《山海經》并引〉，卷39，頁2130。
〔註151〕蘇軾：《蘇軾詩集》〈和陶讀《山海經》并引・其一〉，卷39，頁2130。
〔註152〕蘇軾：《蘇軾詩集》，卷39，頁2130。
〔註153〕蘇軾：《蘇軾詩集》〈和陶讀《山海經》并引・其十三〉，卷39，頁2136。
〔註154〕蘇軾：《蘇軾詩集》，卷39，頁2136。

仇池，小有洞天之附庸的福地。令謫人內心稍有欣喜，不必恐懼政敵是否追擊？不必罣礙世俗利祿，就此人間仙境的仇池地，好好清明澄淨地修道煉丹，最後明示高唱「攜手葛與陶，歸哉復歸哉。」〔註155〕葛洪與陶淵明就是詩人最佳的心靈導師、精神支柱。在惠州，詩人深知政治詭譎，不禁說出「青山滿牆頭，鬈鬅幾雲鬟。雖慚抱朴子，金鼎陋蟬蛻。」〔註156〕能否學像葛洪，按《仙經》所言：「下士先死後蛻」〔註157〕尸解仙的境界。蘇軾到嶺南，確實是有常作嶺南人的打算，山川環境適合學仙煉丹，另有遠避政敵迫害之意。

　　嶺南重讀道書道經，讓他在內丹術的理論及修為，增進不已。如〈聞正輔表兄將至，以詩迎之〉言：「賴我存《黃庭》，有時仍丹丘。」〔註158〕眾仙所在之處為丹丘，仙境中常是明光，是晝夜通明的。詩人還好仰賴《黃庭》，煉就了「脾神常在字魂停」〔註159〕讓心神丹元、脾神常在，讓六腑五臟保一身，廢一不可，自然也就神體精爽，氣暢神通。又〈和陶雜詩十一首〉其二詩，言：

　　　　故山不可到，飛夢隔五嶺。真游有黃庭，閉目寓兩景。〔註160〕

寫出政治風暴依然襲捲，再三貶謫，流徙更荒僻之處，詩人能不驚惶乎！只盼是學道未成，靜思成愁。念故鄉思情，並未稍減，欲以「飛夢」方式，又被「五嶺」所隔。漫漫長夜，惟有賴以《黃庭》梨棗的修練，以閉息內觀來超然物外，默耕於寸田，閉目靜思，藉助於《黃庭內外景經》修煉長生之訣。化形神之蛻變，生生無息，化化不已，返還先天。做到積精養氣，合天地人神而一的中黃大道。

　　蘇軾修道、學道期間，多往遊於學識涵養豐富的道士。元豐元年

〔註155〕蘇軾：《蘇軾詩集》，卷39，頁2136。
〔註156〕蘇軾：《蘇軾詩集》〈遷居并引〉，卷40，頁2194。
〔註157〕（晉）葛洪撰：《抱朴子內篇》〈論仙〉（臺北：臺灣商務印書館股份有限公司，1968年3月），卷2，頁27。
〔註158〕蘇軾：《蘇軾詩集》〈聞正輔表兄將至，以詩迎之〉，卷39，頁2143。
〔註159〕（唐）白履忠（梁丘子），（明）李一元秘著者：《黃庭經秘註二種》〈心神章第八〉（臺北：自由出版社，1976年8月），卷上，頁52。
〔註160〕蘇軾：《蘇軾詩集》〈和陶雜詩十一首·其二〉，卷41，頁2273。

（1078），外任徐州時，聽聞好友李公擇過訪雲龍道士，寫道：「聞君過雲龍，對酒兩靜默。」〔註161〕拋開紅塵，莫管世間爭逐，「不如學養生，一氣服千息。」〔註162〕因為詩人明白「世道如弈棋，變化不容覆。」〔註163〕百年世事不堪悲，唯寄身神仙世界，暫離一切。故蘇軾認為煉氣之方，是「搔頭白髮秋無數，閉眼丹田夜自存。欲息波瀾須引去，吾儕豈獨坐多言。」〔註164〕平息波瀾，仰賴丹田梨棗的修煉，趁清平的夜氣存養之。

　　蘇軾自己煉氣養功，是「養成丹竈無烟火，點盡人間有暈銅。」〔註165〕做到「純鉛真汞星光輝，烏升兔降無年期。」〔註166〕純化意境。從夢幻遐思的神仙世界體會「世間萬事寄黃粱」〔註167〕乃瞬間幻滅，只因「文章乃餘事，學道探玄竅。」〔註168〕最後寄望「待我丹成馭風去，借君瓊佩與霞裾。」〔註169〕遁入神仙的逍遙，揮別世間苦難。蘇軾從莊學中悟得「虛靜恬淡寂漠無為者，萬物之本也。」〔註170〕從淵明精神感受「問我何處來，我來無何有。」〔註171〕的平淡中和，這些多元觸角，形塑神仙思想，化開也解開詩人的重大課題。

　　神仙題材，本非一成不變模式，而是透過發生起源、心理發展與變化法則，再經由時代的流轉翻變，才能生發醞釀為主流砥柱。這樣

〔註161〕蘇軾：《蘇軾詩集》〈聞公擇過雲龍張山人，輒往從之，公擇有詩，戲用其韻〉，卷16，頁815。
〔註162〕蘇軾：《蘇軾詩集》，卷16，頁816。
〔註163〕蘇軾：《蘇軾詩集》〈和李太白并敘〉，卷23，頁1233。
〔註164〕蘇軾：《蘇軾詩集》〈次韻錢越州見寄〉，卷31，頁1651。
〔註165〕蘇軾：〈十一月九日，夜夢與人論神仙道術，因作一詩八句。既覺，頗記其語，錄呈子由弟。後四句不甚明了，今足成之耳〉，卷39，頁2155。
〔註166〕蘇軾：《蘇軾詩集》〈贈陳守道〉，卷40，頁2211。
〔註167〕蘇軾：《蘇軾詩集》〈贈李兕彥威秀才〉，卷43，頁2352。
〔註168〕蘇軾：《蘇軾詩集》〈送歐陽推官赴華州監酒〉，卷34，頁1806。
〔註169〕蘇軾：《蘇軾詩集》〈次韻韶倅李通直二首·其二〉，卷44，頁2411。
〔註170〕（清）郭慶藩編，王孝魚整理：《莊子集釋》〈天道第十三〉（臺北：木鐸出版社，1988年元月），卷5中，頁457。
〔註171〕蘇軾：《蘇軾詩集》〈和陶擬古九首·其一〉，卷41，頁2261。

的演化，必受限於某些特定時空的規範。無論是口傳性質或是文獻考證的信史資料，文學作品的產生，歷經漫漫時間長河的淬鍊，匯入不同時期的歷史因素及文化素養。因此，對神仙觀念的構思及創作，必然挹注全新的觀點，形成一種特殊社會文化的現象。

第三節　蘇軾神仙吟詠詩的分期

　　神仙信仰以長生不死、不老思想為核軸，表現出人們對生命的熱愛及對死亡抗拒的勇氣。道教大量輸出神仙故事、神仙傳記、神仙傳說等事略，無非要證明神仙存在是實有的、是無可爭議的事實。

　　葛洪認為學仙方式應淡泊明志，滌盡雜思欲念，透過閉目內觀，反聽呼吸，沉默無為等修為方式，要斬絕世俗腥羶，並博愛萬物，視人如己的修煉。然道教中神仙概念，張志堅《道教神仙與內丹學》指出：

> 狹義的神仙一般指是修練得道，神通廣大，變化莫測，而又長生不死之人。廣義的神仙內涵，繼承了長生不死成仙之說，包容了中國古代宗教、古老神話、民間信奉的眾神，逐步形成了一個完整的神仙體系。即先天之聖、後天仙真和道教民俗神。〔註172〕

無論何種神仙體系的定義內涵，皆含有道性。以道氣化生，萬物生之，故皆屬「道」的信仰。「神」與「仙」兩者概念，迄至南宋金元之後，已無嚴森區隔，相通混用，通稱「神仙」〔註173〕。北宋內丹學，因師師相承，《悟真篇》詩云：「饒君聰慧過顏閔，不遇明師莫強猜。只為金丹無口訣，教君何處結靈胎。」〔註174〕內丹神秘其術，不輕易文字

〔註172〕張志堅編：《道教神仙與內丹學》（北京：宗教文化出版社，2003 年11 月），頁 3～5。

〔註173〕張志堅編：《道教神仙與內丹學》，頁 6。

〔註174〕（宋）張伯端，上海書店出版社編：《紫陽真人悟真篇三注》〈七言絕句三十二首・二十七〉，《道藏》第 2 冊（上海：世紀出版集團，上海書店出版社，文物出版社，天津古籍出版社，2005 年 6 月），卷 4，頁二－1008。

相傳，僅以口傳秘訣。然張伯端《悟真篇》繼《周易參同契》以來的
重要內丹理論。以詩詞形式論述內丹修煉法，認為逆煉歸元論，以己
身為煉爐，體內所藏鉛汞之陰陽二氣。煉成內丹，即掌握造化之主
權，「一粒靈丹吞入腹，始知我命不由天」〔註175〕從此擁有生命的自
主，「我命不由天」即能超乎生死。

蘇軾相信神仙是可學的，「飢寒富貴兩安在？空有遺像留人間。
此身常擬同外物，浮雲變化無蹤跡。」〔註176〕世間浮世對蘇軾而
言，是試煉體驗，變化倏忽，興起人生如寄之慨！永生為何？唯有
追求長生不死的神仙，撥開生死的嚴肅問題，羽化登仙，步履仙人
仙蹤，藉著煉氣養命、修心養性，自然神氣清爽，達到恬靜淡泊的
神仙之境。

然蘇軾透過神仙吟詠的創作，傳達神仙的逍遙快樂、長生不死的
延命術，以及人生的至善。神仙是至善的象徵。蘇軾透過煉內丹養氣
修身，煉精化氣，繼而煉氣化神，煉神還虛的修性功夫，做到「丹是
色身至寶，煉成變化無窮。」〔註177〕明示世人先存其性，然後修命存
性。蘇軾存養這些修煉養生之術，得以度過忐忑謫官的仕途，調理出
堅韌的生命力。

歷來研究蘇學專家學者，都有做分期並評論其特色。各評論家依
據政治歷程，或創作發展，或分期代表作，這些重要的研究成果，讓
後學有所據而精進。

清人王文誥《蘇文忠公編註集成·蘇海識餘》言蘇詩有三變之說：
　　嘉祐四年己亥，公家居，作〈怪石詩〉二十三韻，詩雖五七

〔註175〕（宋）張伯端，上海書店出版社編：《紫陽真人悟真篇三注》，卷4，
　　　　頁二-1007。
〔註176〕蘇軾：《蘇軾詩集》〈贈寫真何充秀才〉，卷12，頁587。
〔註177〕（宋）張伯端，上海書店出版社編：《紫陽真人悟真篇三注》〈又西
　　　　江月一首〉，《道藏》第2冊（上海：世紀出版集團，上海書店出版
　　　　社，文物出版社，天津古籍出版社，2005年6月），卷5，頁二-
　　　　1016。

言相間，全用老蘇家法。正如一林怪石為山水崩注，皆歷落滾卸而下，兀突滿前，莫名瓌異，此其詩之最先者也。殆復作〈送宋君用遊輦下詩〉凡三十五韻，其中申縮轉折，極力騰挪，蓋已變老蘇之法矣。……到鳳翔首作〈石鼓歌〉，已出昌黎之上，不可壓也。自此以後，熙寧還朝一變，倅杭守密，正其縱筆時也。及入徐湖，漸改轍矣！元豐謫黃一變，至元祐召還又改轍矣！紹聖謫惠州一變，及渡海全入化境，其意愈隱，不可窮也。〔註178〕

王水照認為蘇軾創作，經常參揉生活遭遇和儒釋道多元思想，具有獨特的統一性和特殊性。

我們認為，與其按自然年序，把他的創作劃分為早、中、晚三期，不如按其生活經歷分成初入仕途及兩次「在朝—外仟—貶居」而分為七段，並進而按其思想和藝術的特點分成任職和貶居兩期：思想上有儒家與佛老思想因素消長變化的不同，藝術上有豪健清雄和清曠簡遠、自然平淡之別。〔註179〕

以生活經歷作為分期依據，有初入仕途及兩次「在朝—外仟—貶居」的階段，視出蘇軾創作歷程，從發軔（嘉祐、治平初入仕途）→歉收（兩次在朝任職）→發展（熙寧、元豐和元祐、紹聖的兩次外任）→變化、豐收（元豐黃州和紹聖、元符嶺海的兩次長達十多年的謫居期）→經驗的延續及發展（惠州、儋州的貶謫生活是黃州生活的繼續，蘇軾的思想和創作也是黃州時期的繼續和發展）〔註180〕，在在顯出詩人不凡一生，以及風浪襲來與之抗衡的勇氣。無論在思想或藝術上，涵養出窮達澹泊的胸襟氣度。

本論文以蘇軾神仙吟詠詩為範疇，試將其仕宦歷程，以神仙吟詠為題的詩作，分期歸納分為五期，有：

〔註178〕（清）王文誥輯訂：《蘇文忠公詩編註集成・蘇海識餘》（臺北：臺灣學生書局，1987年10月），識餘卷1，頁3708。
〔註179〕王水照選注：《蘇軾選集》（北京：中華書局，2015年5月），頁3。
〔註180〕王水照選注：《蘇軾選集》，頁3。

本章節神仙吟詠之節錄詩句，依據蘇軾著，清王文誥輯註，孔繁禮點校《蘇軾詩集》，由莊嚴出版社出版為本，並參考宋施宿編撰《東坡先生年譜》、宋王宗稷編《東坡先生年譜》、宋傅藻編纂《東坡紀年錄》、孔繁禮撰《蘇軾年譜》等年譜載籍，作分期的依據文本。爬梳蘇軾神仙吟詠詩作分期，探討詩作之創作背景，分主題性質為修養存真、解憂避世、仰慕仙人、營造仙境、煉丹長生、滌慮俗念、托喻神物、寄託情志等項目，依此探微蘇軾神仙吟詠詩的真諦。本章節詩句，凡舉附錄臚列表中之詩句，不再另行註腳。

一、出川初試啼聲期

　　蘇軾神仙吟詠詩的第一期，從仁宗嘉祐四年（1059）至嘉祐五年（1060）為出川初試啼聲期，合計十三首。

　　眉州英雄出少年，蘇軾初試啼聲，顯露鋒芒，名動京師。受歐陽脩、韓琦、富弼等大臣禮遇相待，且三蘇父子聲名，轟動京城。曾鞏〈蘇明允哀詞〉云：「既而明允召試舍人院，不至，特用為秘書省校書郎。頃之，以為霸州文安縣主簿，編纂太常禮書。而軾、轍又以賢良方正策入等。於是三人者表見於當時，而其名益重於天下。」〔註181〕後值母喪丁憂返蜀，依禮守制，葬程母於武陽安鎮。

　　嘉祐四年（1059）十月，母喪終制，父子三人離蜀，一路南行，自眉州入嘉陵江，經嘉州、過犍為、宜賓、戎州、渝州、涪州，至忠州酆都，遊仙都觀。遊歷後，發自內心對神仙思維的觸動，寫了〈留題仙都觀〉一詩，云：

〔註181〕（宋）曾鞏撰：《南豐先生元豐類稿》（臺北：臺灣中華書局據明刻本校刊，1965年，《四部備要集部》），卷41，頁4。

> 山前江水流浩浩，山上蒼蒼松柏老。舟中行客去紛紛，古今
> 換易如秋草。空山樓觀何崢嶸，真人王遠陰長生。飛符御氣
> 朝百靈，悟道不復誦《黃庭》。龍車虎駕來下迎，去如旋風
> 搏紫清。真人厭世不回顧，世間生死如朝暮。學仙度世豈無
> 人，餐霞絕粒長苦辛。安得獨從逍遙君，泠然乘風駕浮雲，
> 超世無有我獨存。〔註182〕

出川後，感受山川震撼。遊歷名山大川，山中雲霧繚繞，江河濤盡，
充滿仙靈仙氣環境，讓自幼深受道教薰陶的蘇軾，興起學道求仙的意
念。寫了出川後的第一首吟詠神仙的詩作，遊覽仙廟道觀，以仙人王
遠、陰長生羽化登仙事蹟，更加深詩人渴望成仙的遐思。不禁嘆道：
「學仙度世豈無人，餐霞絕粒長苦辛。」

　　遊白鹿山時，賦詩〈仙都山鹿〉，云：

> 日月何促促，塵世苦局束。仙子去無蹤，故山遺白鹿。仙人
> 已去鹿無家，孤棲悵望層城霞。至今聞有遊洞客，夜來江市
> 叫平沙。長松千樹風蕭瑟，仙宮去人無咫尺。夜鳴白鹿安在
> 哉，滿山秋草無行迹。〔註183〕

王文誥註云：

> 老泉詩敘云：至酆都縣，將遊仙都觀，見知縣李長官。云：
> 固知君之將至也，此山有鹿，甚老，而猛獸獵人，終莫能害，
> 將有客來遊，鹿輒夜鳴，故常以此候之，而未嘗失。予聞而
> 異之，乃為作詩。〔註184〕

原先是蘇洵題詩，可惜未流傳。而是知縣李長官轉知，使蘇軾「聞而
異之，乃為作詩。」蘇軾引用《述異記》中的「鹿千年化蒼，又五百
年化為白。」〔註185〕神話故事，道出：「仙人已去鹿無家，孤棲悵望
層城霞。」呈現濃厚神仙思想，既然高處城霞杳無仙蹤，何須苦求不
已。慨歎人生須臾，徒留風蕭瑟、滿山秋草的自然景色。

〔註182〕蘇軾：《蘇軾詩集》〈留題仙都觀〉，卷1，頁18～19。
〔註183〕蘇軾：《蘇軾詩集》〈仙都山鹿〉，卷1，頁19～20。
〔註184〕蘇軾：《蘇軾詩集》，卷1，頁19～20。
〔註185〕蘇軾：《蘇軾詩集》，卷1，頁19～20。

　　在忠州境內，作〈竹枝歌〉云：「乘龍上天去無蹤，草木無情空
寄泣。」過萬州木櫪觀，作〈過木櫪觀〉詩云：「洞府煙霞遠，人間爪
髮枯。」後舟行，至瞿塘峽，過秭歸，江上值雪，與弟轍唱和，賦詩
〈江上值雪，效歐陽體，限不以鹽玉鶴鷺絮蝶飛舞之類為比，仍不使
皓白潔素等字，次子由韻〉云：「高人著屐踏冷冽，飄拂巾帽真仙姿。」
過黃牛峽，遊蝦蟇背，賦詩云：「當時龍破山，此水隨龍出。」以上這
些神仙吟詠詩作，對初出茅廬的蘇軾而言，滿腔濟世熱情，以龍之姿，
欲展長才，冀望有表現發揮的平台。

　　嘉祐五年（1060），具神仙質性的詩，有：

　　　　傳聞此山中，神物懶遭謫。〔註186〕

　　　　山中有遺貌，矯矯龍之姿。龍蟠山水秀，龍去淵潭移。〔註187〕

　　　　不然神仙迹，羅網安能攀。〔註188〕

　　　　天姿儼龍鳳，雜沓朝鵬鱸。〔註189〕

借出川山水遊，詠嘆神仙，藉以神靈之物，激發進取之雄志大略。
後來父子三人抵江陵，由蘇軾作敘，編彙江行詩文百篇為《南行集》，
敘言：

　　　　己亥之歲，侍行適楚，舟中無事，博弈飲酒，非所以為閨門
　　　　之歡，而山川之秀美，風俗之朴陋，賢人君子之遺跡，與凡
　　　　耳目之所接者，雜然有觸於中，而發於咏歎。蓋家君之作與
　　　　弟轍之文皆在，凡一百篇，謂之《南行集》。〔註190〕

舉凡耳目所觸，感於心，發乎詠歎。收彙三人南行之遊，從自然與人
文的角度，端視山川秀麗，風俗樸陋，賢人君子遺跡等所見所感。蘇
軾出川，雖欲思有奮進作為，但以神仙發想，背後仍隱藏嚮往對神仙
的企望與追求，唯有置身仙境，才有寧靜淡泊，宜解淡化人生難題。

〔註186〕蘇軾：《蘇軾詩集》〈荊門惠泉〉，卷2，頁68。
〔註187〕蘇軾：《蘇軾詩集》〈隆中〉，卷2，頁77。
〔註188〕蘇軾：《蘇軾詩集》〈雙鳧觀〉，卷2，頁82。
〔註189〕蘇軾：《蘇軾詩集》〈次韻水官詩并引〉，卷2，頁88。
〔註190〕蘇軾：《蘇軾文集》〈南行前集敘〉，卷10，頁323。

二、仕宦風華展現期

　　蘇軾一生仕宦跌宕，此時期分為三階段論析。（一）為鳳翔任官，仁宗嘉祐六年（1061）至英宗治平元年（1064），共計十首。（二）為朝闕開封，有神宗熙寧二年（1069）至熙寧三年（1070）；元豐八年（1085），共計四首。（三）為元祐返闕，哲宗元祐元年（1086）至元祐三年（1088），以及哲宗元祐七年（1092）至元祐八年（1093），共計五十二首。此仕宦風華展現期，具神仙吟詠性質的詩，合計六十六首。

（一）鳳翔任官

　　仁宗嘉祐六年（1061）至英宗治平元年（1064），官於鳳翔期間。嘉祐六年（1061）至八年（1063），從出川至鳳翔任上，蘇軾滿懷信心，按章任事，據理陳說，昂然磊落表達理想，雖儒家勵志動向強烈，不畏權貴，無私奉獻。勤政理事，關心民情，但內心潛藏的道家道教因素，仍受外在環境氛圍而波動。

　　鳳翔期間，利用公暇遊覽鳳翔名勝古蹟，寫下〈鳳翔八觀并敘·王維吳道子畫〉云：「摩詰得之於象外，有如仙翮謝籠樊。」賞玩心得，以神仙之思，寄託己志，嚮往仙人逍遙之境。後受命出府，至寶雞、虢、郿、盩厔四縣。事畢，朝謁太平宮，宿溪溪堂，並往南山西隅，至觀樓、大秦寺、延生觀、仙遊潭，寫下：「問道遺踪在，登仙往事悠。御風歸汗漫，閱世似蜉蝣。」仰慕仙人仙蹤，事事如蜉蝣，稍縱即逝，唯有求長生永恆。不禁仍是營造出「應有仙人依樹聽，空教瘦鶴舞風騫。」仙境中的清靜空靈，才是人間最佳去處。

　　出川後的蘇軾，於嘉祐期間的創作，喜以龍之色彩、龍之姿態入詩題，呈現出一種空靈夢幻之美及龍的變化莫測、神出鬼沒的靈動。如：「乘龍上天去無蹤，草木無情空寄泣。」、「當時龍破山，此水隨龍出。」、「傳聞此山中，神物懶遭謫。不能致雷雨，灩灩吐寒碧。」、「山中有遺貌，矯矯龍之姿。龍蟠山水秀，龍去淵潭移。」、「天姿儼

龍鳳，雜逕朝鵬鱸。神功與絕跡，後世兩莫扳。」、「龍移相排捃，鳳舞或頹亞。」、「風振野，神將駕。載雲罕，從玉虯。」、「神之來，悵何晚。山重複，路幽遠。神之去，飄莫追。」、「至人舊隱白雲合，神物已化遺蹤蜿。安得夢隨霹靂駕，馬上傾倒天瓢翻。」神仙吟詠詩作中，透過有龍鳳呈祥、有神將降臨的歡欣，神之來去帶來無限思戀等情緒，將神話與仙話的素材，融入於初入仕途的平順，猶如躍上龍門的喜悅與榮耀。

　　蘇軾幼學受道教神仙思想影響，營造濃厚仙境氛圍，氣勢磅礡，尤在鳳翔官場，不也冀望自己如「乘龍上天去無蹤」般地矯捷，變幻倏忽的形象，有一份迷濛想像空間。蘇軾利用神仙色彩，將詩意、詩境隨自身個性經歷而有所抒發、寄託。曠與適的個性，從生活磨練體悟，造就不畏環境之逆，安時處順，移轉衝突，取得平衡。他用神仙素材入詩，以永恆不滅定理超脫生命價值的思考，進而提升事物的絕對性，相對地不役於外物，受限有形事物制約，達到超脫物外的淳真澹泊。

（二）朝闕開封

　　蘇軾朝闕開封期，分為兩階段：一為神宗熙寧二年（1069）至熙寧三年（1070），二為神宗元豐八年（1085），以禮部郎官召。

　　熙寧三年（1070），蘇軾在京師開封。入閣朝闕，堅持淑世濟民情懷，關懷百姓疾苦，親炙所為，難免與當權者有所扦格。他用神仙信仰讓生命有了真正開端，為避開政治紛爭，寫下〈送劉攽倅海陵〉一詩，云：

> 君不見阮嗣宗臧否不挂口，莫誇舌在牙齒牢，是中惟可飲醇酒。讀書不用多，作詩不須工，海邊無事日日醉，夢魂不到蓬萊宮。秋風昨夜入庭樹，蓴絲未老君先去。君先去，幾時回。劉郎應白髮，桃花開不開。〔註191〕

〔註191〕蘇軾：《蘇軾詩集》〈送劉攽倅海陵〉，卷6，頁242～243。

劉攽任朝時，與王安石新法相左，遭貶海陵通判。蘇軾慰勉他應學阮籍飲飲酒，絕不談論時事，做到「臧否不挂口」地步。輕鬆面對生活，同時也替劉攽發牢騷語辯說，用「讀書不用多，作詩不須工，海邊無事日日醉，夢魂不到蓬萊宮。」無欲求，保持心理的清靜空明，生活過得自在。

　　神宗元豐朝，歷任外任地方，甚或遭人生第一個大浪潮襲捲，黃州貶謫。風雨歸來，於元豐八年（1085）「冬十一月，至登州，任未旬日，召赴闕。」〔註192〕重返朝政，經歷生命波折，懂得噤口，寫給王定國潁倅詩，云：

> 仙風入骨已凌雲，秋水為文不受塵。一噫固應號地籟，餘波
> 猶足挂天紳。買牛但自捐三尺，射鼠何勞挽六鈞。莫向百花
> 潭上去，醉翁不見與誰親。〔註193〕

說明生活已學會採仙風入骨的氣慨，莫管世上風霜，可以做到「秋水為神玉為骨」〔註194〕的超然境界。當蘇軾恢復起居舍人官職時，寫給穆父舍人，也提敘神仙思想的信念，詩云：

> 詔詔春溫昨夜班，屋頭鳴鳩使關關。游仙夢覺月臨幌，賀雨
> 詩成雲滿山。憐我白頭來仗下，看君黃氣發眉間。鳳池故事
> 同機務，火急開樽及尚閑。〔註195〕

寫出「游仙夢覺月臨幌，賀雨詩成雲滿山。」神仙觀點，隱露自己欲歸山林的一種高風絕塵的情志。以自然山月為伍，過著閉門修道的清修生活。此短暫入朝關主事的階段，雖能一展鵬志，替朝廷效力，但前面人生不得志的經歷，讓詩人有所省悟，於是遺世獨立的神仙思維，彌補了現實的缺口，得到心理上的平衡。

〔註192〕　（宋）施宿編撰，四川大學中文系唐宋文學研究室編：《東坡先生年譜》《蘇軾資料彙編・下編》（北京：中華書局，2004 年 1 月），頁 1682。

〔註193〕　蘇軾：《蘇軾詩集》〈次韻王定國得潁倅二首・其一〉，卷 26，頁 1394。

〔註194〕　蘇軾：《蘇軾詩集》，卷 26，頁 1394。

〔註195〕　蘇軾：《蘇軾詩集》〈次韻穆父舍人再贈之什〉，卷 26，頁 1406～1407。

（三）元祐返闕

蘇軾元祐返闕期，分為兩階段：一為哲宗元祐元年（1086）至元祐三年（1088），計三十五首。二為哲宗元祐七年（1092）至元祐八年（1093），計十七首，合計五十二首。

1. 元祐元年（1086）至元祐三年（1088）

元祐初期是蘇軾從政的巔峰盛期，從「二年，兼侍讀。」〔註196〕「三年，權知禮部貢舉。」〔註197〕再返回朝闕，重入朝廷核心。從元豐八年（1085）至元祐三年（1088）汴京時期，蘇軾神仙吟詠的題畫詩有增多趨勢，與友朋往來，以談文論藝為主。他和王晉卿、米黻、黃庭堅、王定國、弟轍多所論詩畫藝文，詠石記墨，用神仙信仰寄託詩人的情志理想。節錄詩句，如下：

> 列仙之儒瘠不腴，只有病渴同相如。明年我欲東南去，畫舫何妨宿太湖。〔註198〕
>
> 好臥元龍百尺樓，笑看江水拍天流。〔註199〕
>
> 天馬西來從西極，勢與落日爭分馳。龍膺豹股頭八尺，奮迅不受人間羈。〔註200〕
>
> 紛綸過眼未易識，磊落挂壁空雲委。歸來妙意獨追求，坐想蓬山二十秋。〔註201〕
>
> 半脫蓮房露壓敧，綠荷深處有游龜。只應翡翠蘭苕上，獨

〔註196〕（元）脫脫等修撰，楊家駱主編：《新校本宋史並附編三種》〈列傳第九十七·蘇軾〉（臺北：鼎文書局，1983 年 11 月），卷 338，頁 10811。

〔註197〕（元）脫脫等修撰，楊家駱主編：《新校本宋史並附編三種》，卷 338，頁 10812。

〔註198〕蘇軾：《蘇軾詩集》〈黃魯直以詩饋雙井茶，次韻為謝〉，卷 28，頁 1482。

〔註199〕蘇軾：《蘇軾詩集》〈趙令晏崔白大圖幅徑三丈〉，卷 28，頁 1483。

〔註200〕蘇軾：《蘇軾詩集》〈次韻子由書李伯時所藏韓幹馬〉，卷 28，頁 1502。

〔註201〕蘇軾：《蘇軾詩集》〈次韻米黻二王書跋尾二首·其一〉，卷 29，頁 1536。

見玄夫曝日時。〔註202〕

蒼龍轉玉骨，黑虎抱金栀。〔註203〕

清獻先生無一錢，故應琴鶴是家傳。誰知默鼓無弦曲，時向
珠宮舞幻仙。〔註204〕

丹楓翻鴉伴水宿，長松落雪驚醉眠。桃花流水在人世，武陵
豈必皆神仙。江山清空我塵土，雖有去路尋無緣。〔註205〕

人間何有春一夢，此身將老蠶三眠。山中幽絕不可久，要作
平地家居仙。能令水石長在眼，非君好我當誰緣。〔註206〕

縹緲營丘水墨仙，浮空出沒有無間。邇來一變風流盡，誰見
將軍著色山。〔註207〕

以上題畫詩作中，隱約詩意中透露嚮往山林幽靜，仍思林泉歸隱之
意。不論是托喻神物的描繪，證明己身處境猶似龍膺豹頭般的威武矯
健，不受人間世事羈控；抑或人間仙境似武陵桃源冉堪，時空嬗遞無
論魏晉，營造美好的仙鄉國度。故題畫詩滲透的神仙思想，悟得自然
之玄妙，磅礴氣勢就像臥龍百尺長遠，人類只能笑嘆江水逕流，流向
渺茫蒼穹。用此結合道家玄理靜明與詩人實境歷練，期盼能足歸隱林
泉般地自適自得。然蘇軾反觀自己境遇，是「歸來妙意獨追求，坐想
蓬山二十秋。」從英宗治平二年（1065）召入翰林至哲宗元祐元年
（1086）還朝，二十餘載春秋，思及坐想蓬萊仙山，冀望有學道求仙
的煉試時機。

　　元祐初還朝，仕途平步青雲，進入人生順境，卻再次捲入熾烈的

〔註202〕蘇軾：《蘇軾詩集》〈書艾宣畫四首‧蓮龜〉，卷30，頁1576。

〔註203〕蘇軾：《蘇軾詩集》〈柏石圖詩并敘〉，卷30，頁1579。

〔註204〕蘇軾：《蘇軾詩集》〈題李伯時畫《趙景仁琴鶴圖》二首‧其一〉，卷
30，頁1606。

〔註205〕蘇軾：《蘇軾詩集》〈書王定國所藏《烟江疊嶂圖》〉，卷30，頁1608。

〔註206〕蘇軾：《蘇軾詩集》〈王晉卿作《烟江疊嶂圖》，僕賦詩十四韻，晉卿和
之，語特奇麗。因復次韻，不獨紀其詩畫之美，亦為道其出處契闊之
故，而終之以不忘在莒之戒，亦朋友忠愛之義也〉，卷30，頁1609。

〔註207〕蘇軾：《蘇軾詩集》〈王晉卿所藏著色山二首‧其一〉，卷30，頁1613
～1614。

黨爭。對個性耿介直言的他，身居朝闕，執掌要職，難免堅持己見，引來多方責難，埋下潛伏的隱憂。蘇軾幾經仕隱的浮沉，悟得道家之神仙說，追隨仙人意念未減，如〈送喬仝寄賀君六首并敘〉其一云，節錄如下：

> 豈知仙人混屠沽，爾來八十胸垂胡。上山如飛嗔人扶，東歸有約不敢渝。新年當參老仙儒，秋風西來下雙鳧，得棗如瓜分我無。〔註 208〕

敘文記載唐末五代賀亢仙人，得道不死的事蹟。敘文云：

> 賀使學道，今年八十，益壯盛。人無復見賀者，而仝數見之。元祐二年十二月，仝來京師十許日，余留之，不可，曰：「賀以上元期我於蒙山」，又曰：「吾師嘗游密州，識君於常山道上，意若喜君者」。〔註 209〕

借喬仝之口，說出賀亢仙人游密州時認識蘇軾，讓他喜茲在心。因蘇軾在常州祈雨時，賀仙人從旁經過，認為詩人是可授道者〔註 210〕。喬仝得賀仙人傳授仙藥成仙。既然賀仙人識得蘇軾，必定要虔誠拜訪仙人，希望自己能否像安期生般擁有「得棗如瓜」〔註 211〕的仙藥，「乘光適性，保氣延生」〔註 212〕。最後，仰慕賀仙人來訪，新年參拜，問仙人何時乘雙鳧下凡，得以嚐嚐大如瓜的臣棗仙藥。

又：

> 舊聞父老晉郎官，已作飛騰變化看。聞道東蒙有居處，願供薪水看燒丹。

> 千古風流賀季真，最憐嗜酒謫仙人。狂吟醉舞知無益，粟飯

〔註 208〕 蘇軾：《蘇軾詩集》〈送喬仝寄賀君六首并敘·其一〉，卷 29，頁 1552。
〔註 209〕 蘇軾：《蘇軾詩集》，卷 29，頁 1551～1552。
〔註 210〕 〔合註〕引《後山集·賀水部傳》云：「熙寧中，東坡居士為密州，祈雨常山。既而雨，居士卻蓋以行，賀從道旁見之，以為可授道也。」蘇軾：《蘇軾詩集》，卷 29，頁 1552。
〔註 211〕 （漢）司馬遷著，楊家駱主編：《新校本史記三家注並附編二種》〈封禪書第六〉（臺北：鼎文書局，1981 年 8 月），卷 28，頁 1385。
〔註 212〕 （漢）劉向撰：《列仙傳》（臺北：藝文印書館，1967 年，《百部叢書集成》影印《琳瑯秘室叢書》本），卷上，頁 13。

藜羹問養神。〔註213〕

這些都是對仙藥試煉的動態。養神煉丹，是求仙不二法門，唯有勤求煉丹養氣，形神俱一，修養存真，才是成仙徑道。

　　哲宗即位，蘇軾返朝佐君，希望哲宗能效仿仁宗、神宗二帝之「忠厚勵精之政」〔註214〕強調新法不宜輕廢，主張要「校量利害，參用所長。」〔註215〕才是國祚之祉。蘇軾元祐時期之仕途，並未恆久。因黨爭熾焰，影響兄弟倆的仕進。他厭倦惡鬥的政治生態，嚮往崇道求仙之徑。年少意氣風發的奮進精神，多次的政治打壓，使崇道求仙意念愈加強烈。曾與蹇道士往游中，感悟「人間俯仰三千秋」〔註216〕，何妨「騎鶴歸來與子游」〔註217〕，興起不如歸去的思歸情懷。

2. 元祐七年（1092）至元祐八年（1093）

　　元祐七年（1092）九月，至闕，重返朝政。宋傅藻《東坡紀年錄》云：「九月，以兵部尚書召，兼侍讀。郊祀為鹵簿使。」〔註218〕蘇軾在揚州，接獲召命時，上奏疏辭免，〈辭兩職并乞郡劄子〉云：「寵祿過分，衰病有加，故求外補。」〔註219〕〈第二劄子〉云：「蒙陛擢，兼帶兩職，近歲所無，有何勞能，被此光寵。」〔註220〕〈辭免兼侍讀劄子〉云：「天縱之學，已集大成，非臣屑微所可仰望。」〔註221〕等文，猶見返闕之惶恐。但因受高太皇太后重用，任侍讀之職，肩負起

〔註213〕蘇軾：〈送喬仝寄賀君六首并敘〉，卷29，頁1554。
〔註214〕（宋）蘇軾撰，（宋）郎曄注，《續修四庫全書》編纂委員，復旦大學圖書館古籍部編：《經進東坡文集事略二》〈辯試館職策問劄子二首・二〉，《續修四庫全書》第1315冊（上海：上海古籍出版社，2003年5月），卷31，頁147。
〔註215〕（宋）蘇軾撰，（宋）郎曄注，《續修四庫全書》編纂委員，復旦大學圖書館古籍部編：《經進東坡文集事略二》，卷31，頁147。
〔註216〕蘇軾：〈送蹇道士歸廬山〉，卷30，頁1598。
〔註217〕蘇軾：〈送蹇道士歸廬山〉，卷30，頁1598。
〔註218〕（宋）傅藻編纂，四川大學中文系唐宋文學研究室編：《東坡紀年錄》《蘇軾資料彙編・下編》（北京：中華書局，2004年1月），頁1762。
〔註219〕蘇軾：《蘇軾文集》〈辭兩職并乞郡劄子〉，卷37，頁1041。
〔註220〕蘇軾：《蘇軾文集》〈第二劄子〉，卷37，頁1042。
〔註221〕蘇軾：《蘇軾文集》〈辭免兼侍讀劄子〉，卷37，頁1042。

教育哲宗小皇帝之責。勸勉皇上要做到「談王而不談霸，言義而不言
利。」〔註222〕的仁政，以六事執政，云：「一曰慈，二曰儉，三曰勤，
四曰慎，五曰誠，六曰明。」〔註223〕諄諄教言，再三叮囑提醒皇帝，
能聽而受之、信之，將是萬民福祉。

　　元祐七年（1092），哲宗合祭天地於圜丘，蘇軾以兵部尚書為南
郊鹵簿使。賦詩〈郊祀慶成詩〉，云：

> 帝出乘昌運，天心予太平。文章三代繼，制作七年成。大祀
> 乾坤合，剛辰日月明。泰壇朝埽地，魄寶夜垂精。仰御圓蒼
> 蓋，環觀海岳城。北流吞朔易，西極落欃槍。升燎靈光答，
> 回鑾瑞霧迎。……〔註224〕

郊祀慶成，將祭祀盛典營造天地人合的祥象。明君主政祭天地，連日
月同耀，星辰垂精。祭祀禮典有平定四方邊陲，安定民心的政治功
能。並說明十月辛酉，西賊攻圍環州及砦鎮，宋軍大勝「凡七日，乃
解去」〔註225〕用營造出神仙眷顧的氣氛，賊大敗的盛事，告諸天地眾
神，凸顯哲宗祭祀時是神光聚壇，連聖駕回鑾都是瑞霧壟罩其間。

〔註222〕蘇軾：《蘇軾文集》〈謝除兩職守禮部尚書表〉，卷24，頁701。
〔註223〕蘇軾：《蘇軾文集》，卷24，頁701。
〔註224〕蘇軾：《蘇軾詩集》〈郊祀慶成詩〉，卷36，頁1930～1932。
〔註225〕《續資治通鑑長編》載云：「是日，西賊大舉攻圍環州及烏蘭、肅遠、
　　　　洪德、永和砦，合道、木波鎮，凡七日，乃解去。初，知慶州章楶
　　　　數遣輕兵出討，斬獲甚夥，並邊部族，不敢寧居。楶策其必報，乃
　　　　取點羌，啗以厚利，陽笞而遣之，若得罪而逸者，因使事賊，刺其
　　　　舉兵所向，即馳歸以告，果知羌人將寇環州。楶乃料精兵才萬餘，
　　　　統以二驍將，使營絕塞而授之策曰：『賊進一舍，我退一舍，彼必謂
　　　　我怯為自衛計，不複備吾邊壘。乃銜枚由間道繞出其後，或伏山谷，
　　　　伺間以擊其歸。』又以境外皆沙磧，近城百里有牛圈，所瀦水足以飲
　　　　人馬，乃夜遣置毒。賊圍環數日，無所獲而歸。所使驍將折可適屯
　　　　師洪德城，賊過，識其母梁氏旗幟，城中鼓噪而出，馳突躪轢，賊
　　　　大敗而去。斬首千餘級，獲牛、馬、橐駝、鎧仗以萬計。過牛圈，
　　　　飲其水且盡，人馬被毒，而奔迸蹂藉，墮燎穀而死，重傷而歸者，
　　　　不可勝計。梁氏幾不得脫，盡棄其供帳禤褕之物而逃。」見（宋）李
　　　　燾撰，楊家駱主編：《續資治通鑑長編》（臺北：世界書局，1983年
　　　　2月），卷478，頁4807。

　　蘇軾被召回朝，「是年南郊，先生為鹵簿使，尋遷禮部尚書，遷端明侍讀學士。」〔註226〕看似青雲直上，卻暗潮不安，擔心「必致人言」〔註227〕的下場。一次次政治烏雲，緊隨不已，對政治熱情，消褪不少。時時刻刻想著「彈冠恨不早，掛冠常苦遲。」〔註228〕「喜氣到君浮白裏，豐年及我掛冠前。」〔註229〕掛冠求去的意念，讓身在廟堂的詩人，醞釀了神仙思維，賦詩，云：

> 還朝暫接鵷鷺翼，謝病行收麋鹿姿。〔註230〕

> 蓬萊在何許，弱水空相望。且當從嵇、阮，聊復數山、
> 王。〔註231〕

此刻，唯有寄託在神仙世界的清幽寧靜，才能脫去政治黑暗、現實抑鬱。

　　開封汴京時期，生活是穩定的。此期神仙吟詠的創作，有〈次韻答黃安中兼簡林子中〉詩云：

> 羣仙正欲吾歸去，共把清風借下川。〔註232〕

蘇軾貴為皇帝近侍，心中仍嚮往林泉清幽生活，思及蓬萊仙山究為何處？想必山上羣仙可下土，希望能像玉川子盧仝乘清風歸去。

　　此刻，弟轍執尚書右丞之職，兄弟倆嘗賦詩相和。如〈次韻子由書王晉卿畫山水一首，而晉卿和二首〉。王文誥案語曰：「公此番入朝，無日不在煎熬中，故未嘗作一詩。惟此琴畫十二首，皆無聊中借以發洩。」〔註233〕故此詩云：「會看飛仙虎頭筬，却來顛倒拾遺裳。

〔註226〕（宋）王宗稷編，四川大學中文系唐宋文學研究室編：《東坡先生年譜》
　　　　　《蘇軾資料彙編・下編》（北京：中華書局，2004年1月），頁1732。
〔註227〕蘇軾：《蘇軾文集》〈辭兩職并乞郡箚子〉，卷37，頁1041。
〔註228〕蘇軾：《蘇軾詩集》〈次韻錢穆父會飲〉，卷36，頁1928。
〔註229〕蘇軾：《蘇軾詩集》〈次韻穆父尚侍祠書郊丘，瞻望天光，退而相慶，
　　　　　引滿醉吟〉，卷36，頁1930。
〔註230〕蘇軾：《蘇軾詩集》〈次韻奉和錢穆父、蔣穎叔、王仲至詩四首・見
　　　　　和仇池〉，卷36，頁1936。
〔註231〕蘇軾：《蘇軾詩集》〈次丹元姚先生韻二首・其二〉，卷36，頁1952。
〔註232〕蘇軾：《蘇軾詩集》〈次韻答黃安中兼簡林子中〉，卷33，頁1765。
〔註233〕蘇軾：《蘇軾詩集》〈次韻子由書王晉卿畫山水一首，而晉卿和二
　　　　　首〉，卷33，頁1770～1771。

王孫辦作玄真子，細雨斜風不濕鷗。」〔註234〕「看畫題詩雙鶴鬢，歸田送老一羊裘。明年兼與士龍去，萬頃蒼波沒兩鷗。」〔註235〕子由已執政入閣權力核心，周圍被羣佞壟罩，居其中，甚危矣。勸勉子由何妨學玄真子張志和，及早致仕，輕鬆做到斜風細雨不須歸的灑脫，亦如鷗鳥般自由。

又〈次韻子由書王晉卿畫山水二首〉其一詩，云：

老去君空見畫，夢中我亦曾遊。桃花縱落誰見，水到人間伏流。〔註236〕

擬用淡泊明志的思想，不與世爭，尋得世間桃花源，就像水有伏流，源泉汨汨。案王文誥曰：「二詩句句寓意，以題畫論，即與畫理不合，設想之所不到也。」〔註237〕這些詩作，均蘊含神仙思想，追隨仙人，滌慮俗念，擁有一方淨土的心靈世界。

此時期尚與道士往游。如錢道士、蹇道士等人，有〈聞錢道士與越守穆父飲酒，送二壺〉詩云：

龍根為脯玉為漿，下界寒醅亦漫嘗。一紙鵝經逸少醉，他年《鵬賦》謫仙狂。……〔註238〕

通教大師錢自然與錢穆父同為吳越後裔，二人均與蘇軾友好。瀛洲仙山有玉石，出泉如酒，飲之則長生不死。蘇軾對錢道士的尊重，將其比作仙人，以龍根為脯、玉為漿，這些都是仙界中的美饌，謙稱自己送的酒，就是下界中未過濾的酒。續以王羲之為山陰道士書《黃庭經》，籠鵝而歸的典故，以及李白作《大鵬賦》典故，隱微表示自己宏達胸襟，媲美於大鵬鳥神遊八極之表。

而蹇道士與蘇軾情誼菲薄，蘇軾任翰林學士時，書寫《黃庭經》

〔註234〕蘇軾：《蘇軾詩集》，卷33，頁1771。
〔註235〕蘇軾：《蘇軾詩集》，卷33，頁1772。
〔註236〕蘇軾：《蘇軾詩集》〈次韻子由書王晉卿畫山水二首‧其一〉，卷33，頁1772。
〔註237〕蘇軾：《蘇軾詩集》，卷33，頁1772。
〔註238〕蘇軾：《蘇軾詩集》〈聞錢道士與越守穆父飲酒，送二壺〉，卷33，頁1745。

贈之，特從盧山探訪老友，作〈留別蹇道士拱辰〉一詩云：「笑指北山雲，訶我不歸耕。仙人漢陰馬，微服方地行。」[註239] 勸其要多煉丹行氣。因為「寸田尺宅可治生」[註240] 存養丹田之法，即可修煉得道，歸返吾真。蘇軾引山中宰相陶弘景〈詔門山中何所有賦詩以答〉言：「山中何所有，嶺上多白雲。」[註241] 話語，說出蹇道士勸其及早致仕，略有訶責意味，何不歸耕田野。續以妙用漢朝仙人陰長生、馬明生之神仙典故，暗示仙人就在人間微服探行，請道士引薦之，最後以「願持空手取，獨控橫江鯨。」[註242] 托喻神物的寫法，表明詩人願意踐履學仙求道的意志行動。

蘇詩中多次提到仇池山、仇池石之意象，如：

　　一點空明是何處，老人真欲住仇池。[註243]

　　記取和詩三益友，他年弭節過仇池。[註244]

　　初疑仇池化，又恐瀛洲蹙。[註245]

　　逝將仇池石，歸泝岷山瀆。[註246]

詩意藉仇池意象，作為文人精神象徵的媒介，也是一種隱退的物象慰藉，使其成為蘇軾動蕩人生的一種真實情感的寄託。

〔註239〕　蘇軾：《蘇軾詩集》〈留別蹇道士拱辰〉，卷33，頁1765。

〔註240〕　（唐）白履忠（梁丘子），（明）李一元秘著者：《黃庭經秘註二種》〈瓊室章第二十一〉（臺北：自由出版社，1976年8月），頁116。

〔註241〕　《太平廣記》引《談藪》：（南朝齊）陶弘景《詔門山中何所有賦詩以答》：「山中何所有？嶺上多白雲。只可自怡悅，不堪持寄君。」見（宋）李昉等編：《太平廣記》〈儒行‧陶弘景〉（北京：中華書局1995年8月），卷202，頁1525。

〔註242〕　蘇軾：〈留別蹇道士拱辰〉，卷33，頁1765。

〔註243〕　蘇軾：《蘇軾詩集》〈雙石并敘〉，卷35，頁1881。

〔註244〕　蘇軾：〈次韻奉和錢穆父、蔣穎叔、王仲至詩四首‧見和仇池〉，卷36，頁1936。

〔註245〕　蘇軾：《蘇軾詩集》〈僕所藏仇池石，希代之寶也，王晉卿以小詩借觀，意在於奪，僕不敢不借，然以此詩先之〉，卷36，頁1941。

〔註246〕　蘇軾：《蘇軾詩集》〈王晉卿示詩，欲奪海石，錢穆父、王仲至、蔣穎叔皆次韻。穆、至二公以為不可許，獨穎叔不然。今日穎叔見訪，親睹此石之妙，遂悔前語。僕以為晉卿豈可終閟不予者，若能以韓幹二散馬易之者，蓋可許也。復次前韻〉，卷36，頁1946。

姚華〈蘇軾詩歌的「仇池石」意象探析〉一文指出：

> 憑藉對「仇池石」相關詩作的細緻閱讀，我們得以探知蘇軾
> 如何通過想像性、遊戲性及抒情性的詩歌書寫，使物與歸
> 隱之思、交游故事以及變化命運中的情感相聯繫，將仇池
> 石從「物質的藝術品」轉化為「美學的對象」。這些寄託了
> 個人之「夢」、融會了藝術想像與哲學思考的詩歌書寫，體
> 現了詩人對物的個人化觀照方式，是一種「寓意於物」的
> 審美實踐。與此同時，現實中的獨一性特質又使物劇偶了
> 特殊的抒情性。可以說，詩人用自己的人生經歷為物賦予
> 了詩意。〔註247〕

「詩人用自己的人生經歷為物賦予了詩意」，蘇軾托以仇池石這樣的
神物，將心中理想的桃源，發揮無限想像的空間裡，就此寄託在神仙
仙境，避開人世間的晦暗，呈現出仙境中的美好。

仇池，位於崑崙仙境，上通九天，下達九州，是萬靈所都。在優
美仙境中，修煉成仙，實踐長生理想，發揮神仙信仰核心。神仙思想
觀念，洗滌人的塵垢，安定心思，可陶冶情志。所以，蘇軾透過學道
求仙的實踐，追求心靈寧靜，不捲入漩渦，能全身而退。

元祐八年（1093）是蘇軾兄弟噩運開始。「宣仁后崩，哲宗親政。
軾乞補外，以兩學士出知定州」〔註248〕。先是蘇軾繼室同安郡君王閏
之仙逝，後是宣仁太后崩殂。兩位都是影響蘇軾至深的人，一為賢內
助，持家安內；一為主政者，支持信賴。高太后病危時，仍不忘叮囑
哲宗皇帝「老身殁後，必多有調戲官家者，宜勿聽之」〔註249〕勿聽信
佞臣讒言。先前，朝政大事均由高太后與執政大臣決定，爾今高太后

〔註247〕 姚華：〈蘇軾詩歌的「仇池石」意象探析〉，《文學遺產》第3期（2016
年5月），頁165。

〔註248〕 （元）脫脫等修撰：《新校本宋史並附編三種・蘇軾》，卷338，頁
10815。

〔註249〕 （清）畢沅撰，《續修四庫全書》編纂委員，復旦大學圖書館古籍部
編：《續資治通鑑》第344冊（上海：上海古籍出版社，2003年5
月），卷83，頁289。

登仙，哲宗親政，則一改元祐更化期人事佈局。

　　政壇人事動盪，蘇軾借吟詠神仙之筆，道出惶恐之情，賦詩，節錄如下：

　　　　蓬萊至今空，護短不養才。上界足官府，謫仙應退休。〔註250〕

　　　　仙人與吾輩，寓迹同一塵。何曾五漿饋，但有爭席人。寧極無常居，此齋自隨身。〔註251〕

　　　　恨我迫歸老，不見汝十尋。蒼皮護玉骨，旦暮視古今。何人風雨夜，臥聽飢龍吟。〔註252〕

用仙人、神靈用語，暗示自己立場。仙人和我既然「寓迹同一塵」，不妨學仙人在上界天官職位，當可致仕的。這樣立場，和上元時節，隨伺哲宗身旁「澹月疏星遶建章，仙風吹下御爐香。侍臣鵠立通明觀，一朵紅雲捧玉皇。」迥然不同的際遇。

三、外放沉潛試煉期

　　蘇軾因政局詭變多方，了解己之處境，為避禍乞外任。與民接觸，了解民瘼。此外放沉潛試煉時期，神仙吟詠創作的詩作，臚列下表：

第一次外放〔神宗熙寧四年（1071）至神宗元豐二年（1079）〕			第二次外放〔哲宗元祐四年（1089）至哲宗紹聖元年（1094）〕		
地點	時　間	神仙吟詠詩	地點	時　間	神仙吟詠詩
杭州	神宗熙寧四年（1071）至熙寧七年（1074）	41首	杭州	哲宗元祐四年（1089）至元祐五年（1090）	18首

〔註250〕蘇軾：《蘇軾詩集》〈丹元子示詩，飄飄然有謫仙風氣，吳傳正繼作，復次其韻〉，卷36，頁1969。

〔註251〕蘇軾：《蘇軾詩集》〈次韻王定國書丹元子寧極齋〉，卷36，頁1969～1970。

〔註252〕蘇軾：《蘇軾詩集》〈王仲至侍郎見惠稒栯，種之禮曹北垣下，今百餘日矣，蔚然有生意，喜而作詩〉，卷36，頁1971。

密州	神宗熙寧七年（1074）至熙寧九年（1076）	14 首	穎州	哲宗元祐六年（1091）至元祐七年（1092）	16 首
徐州	神宗熙寧十年（1077）至元豐二年（1079）	22 首	揚州	哲宗元祐七年（1092）	7 首
湖州	神宗元豐二年（1079）	6 首	定州	哲宗元祐八年（1093）	8 首

（一）二次任杭

第一次杭州通判任，神宗熙寧四年（1071）至熙寧七年（1074），創作神仙吟詠性質的詩，四十一首。第二次知杭州，哲宗元祐四年（1089）至元祐五年（1090），有十八首。合計五十九首。

1. 第一次任杭

神宗熙寧四年（1071）到七年（1074），公在杭州。北宋杭州城邑特色「山水登臨之美，人物邑居之繁。」〔註 253〕深具山水繚繞的秀麗都城。蘇軾與文士多往來密切，遍遊山川，將自然風情與內在情志綰合，以神仙素材入詩，發揮於詩作，妙用高度文字技巧，以才學為詩的手法，展現非凡的文學藝術。除此，蘇軾對地方建設用心治理，賑濟疏湖，將倅杭之職處理得宜，是最佳良吏的風範。

熙寧年間，第一次外任階段，發展了蘇軾神仙吟詠詩的創作，傾向道家神仙思想。他明瞭侍君如虎，隨時更迭，自請外任。嚮往神仙，化解麻煩，賦詩如〈陪歐陽公燕西湖〉云：

赤松共遊也不惡，誰能忍飢啖仙藥。〔註 254〕

願追隨赤松子「縱身長風，俄翼玄圃」〔註 255〕仙人仙履，倏忽飛昇仙界。他深入民間，瞭解百姓所需所苦，反應民情及新法弊端。用神仙

〔註 253〕 （宋）歐陽脩著，楊家駱主編：《歐陽脩全集·居士集》·〈有美堂記〉（臺北：世界書局，1961 年 1 月），卷 40，頁 281。

〔註 254〕 蘇軾：《蘇軾詩集》〈陪歐陽公燕西湖〉，卷 6，頁 276。

〔註 255〕 （漢）劉向撰：《列仙傳》（臺北：藝文印書館，1967 年，《百部叢書集成》影印《琳琅秘室叢書》本），卷上，頁 1。

鬼神論說，提醒警示，詩如：

> 鬼神欺吾窮，戲我聊一噫。〔註256〕

> 樵蘇已入黃能廟，烏鵲猶朝禹會村。〔註257〕

> 人言洞府是鼇宮，升降隨波與海通。〔註258〕

以舜殛鯀於羽山，神化為黃熊，入於羽淵的神話故事；以營造仙境的手法，渴望現世中有個鼇宮仙境，通往遼闊的大海，意味著對現實的不滿，假以神仙思想的逍遙快樂，欲至洞天福地的仙境中修煉成仙。

倅杭時期，儒家濟世之心稍褪，則傾於神仙之修煉修道。賦詩如：

> 何時自駕鹿車去，掃除白髮煩菖蒲。〔註259〕

> 喬松百尺蒼髯鬣，擾擾下笑柳與蒲。〔註260〕

> 人言山佳水亦佳，下有萬古蛟龍淵。道人天眼識王氣，結茅宴坐荒山巔。〔註261〕

> 陂湖行盡白漫漫，青山忽作龍蛇盤。〔註262〕

> 人去山空鶴不歸，丹亡鼎在世徒悲。〔註263〕

> 洞庭不復來軒轅，至今魚龍舞鈞天。〔註264〕

> 回觀佛國青螺髻，踏遍仙人碧玉壺。〔註265〕

〔註256〕蘇軾：《蘇軾詩集》〈十月二日將至渦口五里所，遇風留宿〉，卷6，頁282。

〔註257〕蘇軾：《蘇軾詩集》〈濠州七絕‧塗山〉，卷6，頁285。

〔註258〕蘇軾：《蘇軾詩集》〈濠州七絕‧浮山洞〉，卷6，頁288。

〔註259〕蘇軾：《蘇軾詩集》〈李杞寺丞見和前篇，復用元韻答之〉，卷7，頁319～320。

〔註260〕蘇軾：《蘇軾詩集》〈游靈隱寺，得來詩，復用前韻〉，卷7，頁323。

〔註261〕蘇軾：《蘇軾詩集》〈遊徑山〉，卷7，頁348。

〔註262〕蘇軾：《蘇軾詩集》〈遊道場山何山〉，卷8，頁405。

〔註263〕蘇軾：《蘇軾詩集》〈富陽妙庭觀董雙成故宅，發地得丹鼎，覆以銅盤，承以琉璃盆，盆既破碎，丹亦為人爭奪持去，今獨盤鼎在耳，二首‧其一〉，卷9，頁435。

〔註264〕蘇軾：《蘇軾詩集》〈東陽水樂亭〉，卷10，頁487。

〔註265〕蘇軾：《蘇軾詩集》〈寶山新開徑〉，卷11，頁525。

如今且作華陽服，醉唱儂家七返丹。〔註266〕

石路縈回九龍脊，水光翻動五湖天。〔註267〕

以上節錄各詩作，無論是登訪山林或與道友往遊，都藉仰慕仙人、營造仙境或托喻神物的氛圍，學道求仙，必求養生與長生。重視生命力量，做自己主宰，由心念發端，所謂「夫人之所貴者，生也。生之所貴者，道也。人之有道，如魚之有水，涸轍之魚，猶希升水，弱喪之俗，無心造道。」〔註268〕做到煉成仙道，即老子所言：「長生久視之道」〔註269〕恆久維繫的意境。讓神仙信仰的意涵，即是「我命在我，不屬於天。由此言之，脩短在己，得非天與，失非人奪。捫心苦晚，時不少留。」〔註270〕故可不受外在艱辛所圍，這對蘇軾而言，反而是一種舒壓之徑。

2. 第二次任杭

蘇軾在元祐時期仕途，並未恆久。因黨爭熾焰，使他厭倦惡鬥的政治，嚮往崇道求仙之徑。年少意氣風發的奮進精神，幾經多次打壓，令詩人興起不如歸去之思。如《宋史·蘇軾本傳》言：

四年，積以論事，為當軸者所恨。軾恐不見容，請外拜龍圖閣學士、知杭州。未行，諫官言前相蔡確知安州，作詩借郝處俊事以譏太皇太后。大臣議遷之嶺南。軾密疏：「朝廷若薄確之罪，則於皇帝孝治為不足；若深罪確，則於太皇太后仁政為小累。謂宜皇帝敕置獄逮治，太皇太后出手詔赦之，則於仁孝兩得矣。」宣仁后心善軾言而不能用。〔註271〕

〔註266〕蘇軾：《蘇軾詩集》〈錢安道席上令歌者道服〉，卷11，頁532。

〔註267〕蘇軾：《蘇軾詩集》〈惠山謁錢道人，烹小龍團，登絕頂，望太湖〉，卷11，頁532。

〔註268〕（宋）張君房編：《雲笈七籤》〈坐忘論〉（北京：齊魯書社，1988年9月），卷94，頁517。

〔註269〕陳鼓應註譯：《老子今註今譯》〈五十九章〉（臺北：臺灣商務印書館股份有限公司，1997年1月），頁270。

〔註270〕（宋）張君房：《雲笈七籤》，卷94，頁517。

〔註271〕（元）脫脫等修撰：《新校本宋史並附編三種·蘇軾》，卷338，頁10812。

元祐四年（1089），「積以論事，為當軸者所恨」蘇軾深知恐不見容，覓尋一方淨土容身避禍。多次上章乞補外任，終以「乞越得杭，又過平生之望。」〔註272〕乞求外任，以享餘年。

　　蘇軾與友人錢穆父二人際遇相似、氣類厚善。於是寫給錢穆父二首詩，詩云：

　　　　鬢尹超然定逸羣，南遊端為訪雲門。謫仙歸侍玉皇案，老鶴來乘刺史軒。〔註273〕

　　　　搔頭白髮秋無數，閉眼丹田夜自存。欲息波瀾須引去，吾儕豈獨坐多言。〔註274〕

詩中以營造仙境手法，稱讚錢穆父超然逸羣似仙風。越州有蓬萊仙閣，而錢穆父似仙人入閣，歸侍玉皇香案，可從左右準望。同時也勸錢穆父欲平息人事波瀾，引退後則須多煉丹氣、閉眼屏息，利用平旦之氣，存養呼吸吐納，溢滿丹田而神情煥然。

　　元祐四年（1089）至六年（1091），治杭二載，對神仙信仰的堅持依然未褪，神仙吟詠之作有：

　　　　逸予開暇時，種子田中丹。一朝涉世故，空腹谷欺讒。我頃在東坡，秋菊為夕餐。永愧坡間人，布褐為我完。雪堂初覆瓦，上簟無下莞。時時亦設客，每醉筒瓢殫。一笑便傾倒，五年得輕安。〔註275〕

元祐初，蘇軾在翰林，毛澤民特從浙入京，專訪蘇軾，書贄文一篇。此首詩借寄託情志手法，表示二人在艱困環境中的情誼。蘇軾告訴毛澤民有閑暇時，多煉內丹田養氣。

　　作〈贈善相程傑〉詩云：

　　　　心傳異學不謀身，自要清時閱搢紳。火色上騰雖有數，急流勇退豈無人。〔註276〕

〔註272〕蘇軾：《蘇軾文集》〈杭州謝上表二首之一〉，卷23，頁674。
〔註273〕蘇軾：《蘇軾詩集》〈次韻錢越州〉，卷31，頁1645。
〔註274〕蘇軾：《蘇軾詩集》〈次韻錢越州見寄〉，卷31，頁1651。
〔註275〕蘇軾：《蘇軾詩集》〈次韻毛滂法曹感雨〉，卷31，頁1654。
〔註276〕蘇軾：《蘇軾詩集》〈贈善相程傑〉，卷32，頁1689。

贈詩予善面者程傑，表明自己深知「火色上騰雖有數」的心念。對仕宦興起隱退之念，欲效仿白樂天勇退之志，及早歸鄉。又作如下詩，云：

鵝溪清絲清如冰，上有千歲交枝藤。藤生谷底飽風雪，歲晚忽作龍蛇升。〔註277〕

仙山靈雨濕行雲，洗遍香肌粉未勻。明月來投玉川子，清風吹破武林春。〔註278〕

羨君清瘦真仙骨，更助飄飄鶴背軀。〔註279〕

謫仙此語誰解道，請君見月時登樓。笑談萬事真何有，一時付與東巖酒。〔註280〕

從來勢利關心薄，此去溪山琢句新。肯向西湖留數月，錢塘初識小麒麟。〔註281〕

以上節錄有神仙吟詠之詩意，訴諸詩人在杭生活經歷及送行友朋的心情，一如有「笑談萬事真何有」〔註282〕這般等地輕鬆。

元祐六年（1091），「召為吏部尚書，未至。以弟轍除右丞，改翰林承旨。轍辭右丞，欲與兄同備從官，不聽。軾在翰林數月，復以讒請外，乃以龍圖閣學士出知潁州。」〔註283〕杭州任期未滿被召回朝，任命為翰林學士承旨兼侍讀。

杭州擁有自然山水，出塵靈秀之美，往往是詩家題材來源。蘇軾以他敏銳的洞察力，深入探訪。杭州雖美，但人民卻不幸福，身受新法苛政的斂徵，以及惡吏威逼。因此，蘇軾藉神仙吟詠詩的訴求，傳達一種隱藏意念，猶如蟄龍潛伏深淵，希冀終朝一日，穿雲破天，帶

〔註277〕蘇軾：《蘇軾詩集》〈東川清絲寄魯冀州，戲贈〉，卷31，頁1661～1662。

〔註278〕蘇軾：《蘇軾詩集》〈次韻曹輔寄壑源試焙新芽〉，卷32，頁1696。

〔註279〕蘇軾：《蘇軾詩集》〈次韻袁公濟謝芎椒〉，卷32，頁1697。

〔註280〕蘇軾：《蘇軾詩集》〈送張嘉州〉，卷32，頁1709～1710。

〔註281〕蘇軾：《蘇軾詩集》〈送李陶通直赴清溪〉，卷32，頁1714。

〔註282〕蘇軾：〈送張嘉州〉，卷32，頁1709～1710。

〔註283〕（元）脫脫等修撰：《新校本宋史並附編三種‧蘇軾》，卷338，頁10814。

來一線光明，此階段之神仙吟詠詩，富濃烈的政治寓意。除了替百姓發聲，也為己志抒寫。對自己的未來，不禁擔憂起「明朝人事誰料得」〔註284〕起伏不定的人事滄海，自己似乎如蛟龍般，徒有矯健之姿，卻苦無伸展的平臺。

（二）密州

　　神宗熙寧七年（1074）到熙寧九年（1076），密州時期創作神仙吟詠詩十四首。密州的蘇軾，仍馬不停蹄為民情接淅而行。先是蝗災奏情，乞求朝廷豁免秋稅。再論及新法弊端，如方田均稅之患、役法分等、手實法的流弊，雖是獎勵民間的告發，卻流為仇人舉發，弄得家破人亡不安的局面。密州民俗強悍，天災人禍接踵而至，悍民只好鋌而走險恃強搶劫。〈論河北京東盜賊狀〉言：「中民以下，舉皆闕食，冒法而為盜則死，畏法而不盜則饑，饑寒之與棄市，均是死亡，而除死之與忍饑，禍有遲速。相率為盜，正理之常。」〔註285〕蘇軾眼兒盜寇倡狂縱橫，諫言必採嚴法峻刑以扼其風。諫請朝廷須及時救災，也要適當減輕賦稅。生計都成問題，良民恐淪為盜寇。

　　密州近海多風，溝渠無法儲水，常苦旱，百姓到常山求雨，有求必應，有德於民。蘇軾身為地方官，希望以神仙祝禱方式祈雨，賦詩，如：

> 西望穆陵關，東望瑯邪臺。南望九仙山，北望空飛埃。相將叫虞舜，遂欲歸蓬萊。……〔註286〕
>
> 常山山神信英烈，摛駕雷公訶電母。應憐郡守老且愚，欲把瘡痍手摩撫。山中歸時風色變，中路已覺商羊舞。……〔註287〕
>
> 今年歲旱號蜥蝪，狂走兒童鬧歌舞。能銜渠水作冰電，便向蛟龍覓雲雨。守宮努力搏蒼蠅，明年歲旱當求汝。〔註288〕

〔註284〕蘇軾：《蘇軾詩集》〈夜泛西湖五絕·其二〉，卷7，頁352。
〔註285〕蘇軾：《蘇軾文集》〈論河北京東盜賊狀〉，卷26，頁754。
〔註286〕蘇軾：《蘇軾詩集》〈登常山絕頂廣麗亭〉，卷14，頁686～687。
〔註287〕蘇軾：《蘇軾詩集》〈次韻章傳道喜雨〉，卷13，頁623。
〔註288〕蘇軾：《蘇軾詩集》〈蜥虎〉，卷15，頁745。

等詩作，祈求常山山神、傳說中的商羊神鳥，只要神鳥屈腳起舞，即
能普降甘霖解旱災。老農說旱蝗相連，旱象一除，蝗災亦緩。面對
百姓的饑饉寒苦，蘇軾豈能坐視不管，更何況牧養生民，本當地方官
職責。

又作〈和李邦直沂山祈雨有應〉云：

> 半年不雨坐龍慵，共怨天公不怨龍。今朝一雨聊自贖，龍神
> 社鬼各言功。……〔註289〕

天不雨本是龍慵懶造成，人民卻怪天不怨龍。營造神龍失職的神話氛
圍，暗示朝廷用人不當，一如執政大臣不戮力做事，而百姓只怪皇上
不怪大臣。故擬用神仙吟詠詩作之寓意，傳達託事諫諷目的。希望朝
廷能正視地方問題，達到為民請命的目的。

　　密州時期的蘇軾，關懷民情、關心國事，生活雖比杭州更艱辛，
但心境上卻是愉悅的，對學道求仙又有進一步的發展。賦詩如：

> 〈回先生過湖州東林沈氏，飲醉，以石榴皮書其家東老庵之
> 壁云：「西鄰已富憂不足，東老雖貧樂有餘。白酒釀來因好
> 客，黃金散盡為收書。」西蜀和仲，聞而次其韻三首。東老，
> 沈氏之老自謂也，湖人因以名之。其子偕作詩，有可觀者〉
> 云：
> 世俗何知貧是病，神仙可學道之餘。但知白酒留佳客，不問
> 黃公覓素書。〔註290〕

世俗貧病皆可拋，唯有學仙求道，才是鵠的。學張良跪進取履的典故，
得《太公兵法》獻君佐策。蘇軾認為平凡生活，除了仰慕仙人之餘，
神仙可學是具絕對性。〈次韻陳海州書懷〉云：

> 鬱鬱蒼梧海上山，蓬萊方丈有無間。舊聞草木皆仙藥，欲棄

〔註289〕蘇軾：《蘇軾詩集》〈和李邦直沂山祈雨有應〉，卷15，頁735。
〔註290〕蘇軾：《蘇軾詩集》〈回先生過湖州東林沈氏，飲醉，以石榴皮書其
　　　　家東老庵之壁云：「西鄰已富憂不足，東老雖貧樂有餘。白酒釀來因好
　　　　客，黃金散盡為收書。」西蜀和仲，聞而次其韻三首。東老，沈氏之
　　　　老自謂也，湖人因以名之。其子偕作詩，有可觀者・其一〉，卷12，
　　　　頁589。

妻孥守市闤。……〔註291〕

嚮往幽緲之蓬萊仙境，仙境中草木皆仙藥，欲隨神仙之步履，興起棄妻孥之思，亦無妨。又〈次韻陳海州乘槎亭〉云：

> 人事無涯生有涯，逝將歸釣漢江槎。乘槎我欲從安石，遁世
> 誰能識子嗟。……〔註292〕

詩人感悟生命有限，嘆自己沉浮於人事宦海中，誓言歸釣漢江之志。欲從謝安歸隱東山，一如放逐賢人子嗟，隱居遁世後過閒雲野鶴般的仙人生活，多逍遙的神仙之境。

　　密州尚有出遊、應酬之作，如〈盧山五詠〉中讚頌盧敖洞及聖燈巖之詩，云：

> 上界足官府，飛昇亦何益。還在此山中，相逢不相識。〔註293〕

> 石室有金丹，山神不知秘。何必露光芒，夜半驚童稚。〔註294〕

此二首書為遊覽盧山勝景後的體會。施註引《顧況集·五源訣》云：「番陽仙人王瑤琴子高言：『下界功滿，方超上界。上界多官府，不如地仙快活。』」〔註295〕天界仙庭與人間官府，似乎無差別，階級森然。既是如此，詩人認為飛昇何益，不如就住洞天福地的盧敖洞，修煉成仙。又探訪聖燈巖之石室，原來連山神都不知石室中藏有金丹秘密，顯見石室中金丹光芒的神秘性。又〈和章七出守湖州二首〉其一詩，云：

> 方丈仙人出淼茫，高情猶愛水雲鄉。功名誰使連三捷，身世
> 何緣得兩忘。……〔註296〕

章惇以三司使任命於湖州，兩人都好道學仙，蘇軾一下筆即以「方丈仙人出淼茫」神仙意象，道出章惇喜談出世間法，章惇詩多論談學仙

〔註291〕蘇軾：《蘇軾詩集》〈次韻陳海州書懷〉，卷12，頁594。
〔註292〕蘇軾：《蘇軾詩集》〈次韻陳海州乘槎亭〉，卷12，頁595。
〔註293〕蘇軾：《蘇軾詩集》〈盧山五詠·盧敖洞〉，卷13，頁620。
〔註294〕蘇軾：《蘇軾詩集》〈盧山五詠·聖燈巖〉，卷13，頁621。
〔註295〕蘇軾：〈盧山五詠·盧敖洞〉，卷13，頁620。
〔註296〕蘇軾：《蘇軾詩集》〈和章七出守湖州二首·其一〉，卷13，頁650～651。

事項。此首雖為應酬語,章惇卻以為譏己,有諷刺味心懷怨意,埋下詩人日後再謫荒所之導因禍根。

(三)徐州

神宗熙寧十年(1077)至神宗元豐二年(1079),徐州時期神仙吟詠詩有二十二首。

熙寧十年(1077),在徐州。徐州歷史名城,地處南北交通要塞,兵家必爭之地。元豐元年(1078)十月,向神宗皇帝提出治理徐州措施,針對徐州地形險峻、採礦石鼕固城牆、解決京東惡盜亂源、強化守臣的軍權,上諫言,道:「徐州為南北之襟要,而京東諸郡安危所寄也。」〔註297〕不但強化徐州地形地貌獨特,且具戰備防禦的重要性。

然蘇軾到徐州,儘管對當地建設遑相奔走,上諫言力求改善,卻也對新法不滿,再者體力漸衰,求仙意念愈加明顯。如〈送范景仁游洛中〉詩云:

　　道大吾何病,言深聽者寒。憂時雖早白,駐世有還丹。……
〔註298〕

詩人擔憂體邁老弱,早生華髮,如假以時日煉丹行氣,丹成則可長生。又作〈送顏復兼寄王鞏〉云

　　太一老仙閑不出,踵門問道今時矣。〔註299〕

詩句顯示願追隨仙人蹤跡,即可踵門問道了。透過進一步神仙可學的實踐,讓失意詩人對生命覺醒,有更深一層的體悟。

徐州,也是兄弟倆從熙寧四年(1071)到熙寧十年(1077)之間,好不容易相聚首。「離別一何久,七度過中秋。」〔註300〕離別甚久,兄弟倆一同泛舟清河古汴,能夠「西風吹暑天益高,明月耿耿分

〔註297〕蘇軾:《蘇軾文集》〈徐州上皇帝書〉,卷26,頁758。
〔註298〕蘇軾:《蘇軾詩集》〈送范景仁游洛中〉,卷15,頁718。
〔註299〕蘇軾:《蘇軾詩集》〈送顏復兼寄王鞏〉,卷15,頁744。
〔註300〕蘇轍著,陳宏天、高秀芳點校:《蘇轍集・欒城集補佚》〈水調歌頭徐州中秋〉(北京:中華書局,1999年7月),頁1363。

秋毫。」〔註301〕共度中秋良宵。蘇軾對比今昔流光，言：「此生此夜
不長好，明月明年何處看。」〔註302〕不禁嘆道良辰佳景難在，堪憂不
確定的未來。

　　蘇軾學道多少受弟轍影響，讚許蘇轍天資聰穎近道，得至人養生
要訣。蘇轍自己也說：「少小本好道，意在三神洲」〔註303〕證明蘇轍
自幼好道。學道之人，必須是寡欲少私。兄弟倆個性迥異，兄軾曠達
放任、弟轍淡泊簡約。蘇軾為了慕道，到終南山太平宮讀《道藏》，但
蘇轍認為學道求道，不須貪多，如〈和子瞻讀道藏〉言：「道書世多
有，吾讀老與莊。」〔註304〕只要精熟老莊即可。心性沉穩凝煉，又得
至人要訣，入門學道自然精湛。蘇轍將自己煉丹學道的秘訣，口傳
於兄軾。當兄弟倆相會逍遙堂時，蘇軾賦詩云：

　　但令朱雀長金花，此別還同一轉車。五百年間誰復在？會看
　　銅狄兩咨嗟。〔註305〕

「朱雀長金花」引《陰真君還丹歌注》：「北方正氣為河車，東方甲乙
名金砂。兩情含養歸一體，朱雀調養生金華。」〔註306〕河車者，起於
北方正水之中，腎藏真氣，真氣所生之正氣，曰河車。希夷陳摶注曰：
「北方黑帝，極尊也，人之下元陰也。正氣者屬水，人之血也。河車者，

〔註301〕蘇轍著，陳宏天、高秀芳點校：《蘇轍集・欒城集》〈中秋見月寄子
　　　　瞻〉（北京：中華書局，1999年7月），卷8，頁148。

〔註302〕蘇軾撰，龍榆生校箋：《東坡樂府箋》〈陽關曲・中秋詞「暮雲收盡
　　　　溢清寒」〉（臺北：華正書局，1983年8月），卷1，頁91。

〔註303〕蘇轍著，陳宏天、高秀芳點校：《蘇轍集・欒城後集》〈和遲田舍雜
　　　　詩九首并引・七〉（北京：中華書局，1999年7月），卷4，頁927。

〔註304〕蘇轍著，陳宏天、高秀芳點校：《蘇轍集・欒城集》〈和子瞻讀道藏〉
　　　　（北京：中華書局，1999年7月），卷2，頁35。

〔註305〕蘇軾：《蘇軾詩集》〈子由將赴南都，與余會宿於逍遙堂，作兩絕句，
　　　　讀之殆不可為懷，因和其詩以自解。余觀子由，自少曠達，天資近
　　　　道，又得至人養生長年之訣，而余亦竊聞其一二。以為今者宦游相
　　　　別之日淺，而異時退休相從之日長，既以自解，且以慰子由云・其
　　　　二〉，卷15，頁747。

〔註306〕（宋）希夷陳摶注：《二經同卷・陰真君還丹歌注成四》《正統道藏》
　　　　第23冊成歲（臺北：藝文印書館印行，1962年），頁1～2。

北方氣流歸南方,以火煉水成塵,得變為河車下元精也。北方黑屬水,
人之腎也。腎為人生根本,分作日月之精,虛無之氣,腎王即化為赤
子也。」〔註307〕因此當河車運行時,不需過度引導,運行之理只要合
乎陰陽動靜之機,時機成熟,自然啟動。又《陳虛白規中指南》曰:「內
亦交時外亦交,三關通透不須勞。丹田直至泥丸頂,自在河車幾百遭。」
〔註308〕欲學內丹修煉,必先開通竅門,一竅通百竅通,則與常人殊
異。蘇軾認為兄弟倆,只要煉成內丹,此次離別如同一轉車,旋即重
逢。續引《後漢書‧薊子訓傳》云:「後人復於長安東霸城見之,與一
老公共摩娑銅人,相謂曰:『適見鑄此,已近五百歲矣。』」〔註309〕期
許兄弟倆早日煉丹成仙,五百年後騎鶴歸故里,且共摩娑銅人,並認
為來日致仕日長,再一起共修仙道。徐州時期的蘇軾、蘇轍兄弟倆短
暫聚首,重拾天倫樂,並踐履修煉內丹,掌握內丹三要「玄牝、藥物、
火候」〔註310〕,做到「以靜為本,以定為基。一斡旋,頃刻天機自
動。」〔註311〕的神仙之道。

　　熙寧十年(1077)秋,澶州曹村黃河大堤決口,水漫城邑,狀況
緊急,詩云:「黃河西來初不覺,但訝清泗流奔渾。夜聞沙岸鳴甕盎,
曉看雪浪浮鵬鯤。」〔註312〕後幸得軍民同心,築堤搶救得宜,保住百

〔註307〕 (宋)希夷陳摶注:《二經同卷‧陰真君還丹歌注成四》,頁1~2。
〔註308〕 (元)陳沖素撰,上海書店出版社編:《陳虛白規中指南二卷》〈乾坤
　　　　交姤第六〉,《道藏》第4冊(上海:世紀出版集團,上海書店出版
　　　　社,文物出版社,天津古籍出版社,2005年6月),卷上,頁四-
　　　　385。
〔註309〕 (南朝宋)范曄著,楊家駱主編:《新校本後漢書並附編十三種》〈方
　　　　術列傳第七十二下‧薊子訓〉(臺北:鼎文書局,1987年元月),卷
　　　　82下,頁2746。
〔註310〕 (元)陳沖素撰,上海書店出版社編:《陳虛白規中指南二卷》〈內
　　　　丹三要〉,《道藏》第4冊(上海:世紀出版集團,上海書店出版社,
　　　　文物出版社,天津古籍出版社,2005年6月),卷上,頁四-387。
〔註311〕 (元)陳沖素撰,上海書店出版社編:《陳虛白規中指南二卷》〈後
　　　　序〉,《道藏》第4冊(上海:世紀出版集團,上海書店出版社,文
　　　　物出版社,天津古籍出版社,2005年6月),卷上,頁四-391。
〔註312〕 蘇軾:《蘇軾詩集》〈答呂梁仲屯田〉,卷15,頁774。

姓身家財產。當將積水導入黃河故道成功，又賦詩曰：「吾君聖德如
唐堯，百神受職河神驕。帝遣風師下約束，北流夜起澶州橋。東風吹
凍收微淥，神功不用淇園竹。楚人種麥滿河淤，仰看浮槎棲古木。」
〔註313〕將解除水患後的歡欣，提升為帝威偃息河患的一種神話。

　　徐州時期，蘇軾除了抗洪治水防旱之外，還寫了題畫詩，融入一
些神話神仙的色調。如：

> 騅駆駰駱驪騮驥，白魚赤兔騨皇輸。龍顱鳳頸獰且妍，奇姿
> 逸德隱駑頑。……〔註314〕

> 前者既濟出林鶴，後者欲涉鶴俯啄。最後一匹馬中龍，不嘶
> 不動尾搖風。韓生畫馬真是馬，蘇子作詩如見畫。……〔註315〕

> 雲烟縹緲鬱孤臺，積翠浮空雨半開。想見之罘觀海市，絳宮
> 明滅是蓬萊。〔註316〕

這些題畫詩中的畫風，莫不以變幻多端的龍形象，展現詩人內心奔騰
的心情。以神仙吟詠的方式，寄託「我欲仙山掇瑤草」〔註317〕學道求
仙的意念。又作記遊詩，如：

> 爾來懷寶但貪眠，滿腹雷霆瘖不吐。赤龍白虎戰明日，倒卷
> 黃河作飛雨。……〔註318〕

> 曉來泉上東風急，須上冰珠老蛟泣。怪詞欲遍龍飛起，險韻
> 不量吾所及。……〔註319〕

> 龍驤萬斛不敢過，漁舟一葉從掀舞。細思城市有底忙，却笑
> 蛟龍為誰怒。……〔註320〕

詩句中出現龍的神話意象，無論是帝王將相或市井庶民，寄託祥瑞徵

〔註313〕蘇軾：《蘇軾詩集》〈河復并敘〉，卷15，頁766～767。
〔註314〕蘇軾：《蘇軾詩集》〈書韓幹《牧馬圖》〉，卷15，頁722。
〔註315〕蘇軾：《蘇軾詩集》〈韓幹馬十四匹〉，卷15，頁768。
〔註316〕蘇軾：《蘇軾詩集》〈《虔州八境圖》八首並引・其七〉，卷16，頁795。
〔註317〕蘇軾：《蘇軾詩集》〈次韻僧潛見贈〉，卷17，頁881。
〔註318〕蘇軾：《蘇軾詩集》〈起伏龍行并敘〉，卷16，頁814。
〔註319〕蘇軾：《蘇軾詩集》〈次韻舒堯文祈雪霧豬泉〉，卷17，頁899。
〔註320〕蘇軾：《蘇軾詩集》〈大風留金山兩日〉，卷18，頁943。

兆及無比明燦的寓意。

　　蘇軾在徐州，除了和弟轍學道養生，如「南都從事亦學道，不惜腸空誇腦滿。」〔註321〕亦與一些道友如張天驥山人、參寥和尚等人交遊。張天驥山人卜居雲龍山，個性灑脫「上不違親，下不絕俗。」〔註322〕既懂修煉成仙之道，又知情世故，如此性情中人正符合蘇軾灑然性格。當蘇軾徘徊仕隱，挫折使他興起不如歸去念頭，而過訪張天驥山人，始可放鬆心情，盡情享受「喧蜂集晚花，亂雀啅叢棘。山人樂此耳，寂寞誰侍側。」〔註323〕但人世歡樂「不如學養生，一氣服千息。」〔註324〕靜思養生法在服千息，內丹煉成則不役使外物，心境是澄明，一如仙人般逍遙自在。

　　詩僧參寥和尚，乃蘇軾摯友。〈次韻僧潛見贈〉賦詩云：「我欲仙山掇瑤草，傾筐坐歎何時盈。」〔註325〕參寥和尚乃化外之人，在他面前不談佛而談仙，欲入仙山採拾靈芝瑤草，足見求仙意念的強烈。因作〈次韻參寥師寄秦太虛三絕句，時秦君舉進士不得〉二首，詩云：

　　　　秦郎文字固超然，漢武憑虛意欲仙。底事秋來不得解，定中
　　　　試與問諸天。〔註326〕

　　　　一尾追風抹萬蹄，崑崙玄圃謂朝隮。回看世上無伯樂，却道
　　　　鹽車勝月題。〔註327〕

詩人認為莫管世間將相名祿，唯有神仙好，追隨仙履，齊上崑崙仙山，修養心性。在徐州時期，受到道士、和尚交遊影響，透過神仙吟詠詩

〔註321〕蘇軾：《蘇軾詩集》〈和子由送將官梁左藏仲通〉，卷16，頁826。
〔註322〕蘇軾：《蘇軾文集》〈徐州與人一首〉，卷60，頁1845。
〔註323〕蘇軾：〈聞公擇過雲龍張山人，輒往從之，公擇有詩，戲用其韻〉，卷16，頁815。
〔註324〕蘇軾：〈聞公擇過雲龍張山人，輒往從之，公擇有詩，戲用其韻〉，卷16，頁816。
〔註325〕蘇軾：〈次韻僧潛見贈〉，卷17，頁881。
〔註326〕蘇軾：《蘇軾詩集》〈次韻參寥師寄秦太虛三絕句，時秦君舉進士不得·其一〉，卷17，頁904。
〔註327〕蘇軾：《蘇軾詩集》〈次韻參寥師寄秦太虛三絕句，時秦君舉進士不得·其二〉，卷17，頁904～905。

作讓蘇軾對學道求仙有了實際的行動。

（四）湖州

　　神宗元豐二年（1079）三月，罷徐州任，移知湖州。湖州時期神仙吟詠詩有六首。

　　蘇軾移知湖州，欲沉浸山水放歌，即便是「十年塵土窟，一寸冰雪清。」〔註328〕蒙上一身塵土，得盼「顧我無足戀，戀此山水青。」〔註329〕希望借遊山水，了無牽絆地過活。遍遊諸寺時，連月雨，為民至卞山黃龍洞禱晴，賦詩云：「寄語洞中龍，睡味豈不嘉。雨師少弭節，雷師亦停撾。」〔註330〕告諸神靈，請雷師雨神稍歇，使百姓得安寧。

　　湖州雖是魚米之鄉，卻也天災頻繁連連。賦詩〈次韻周開祖長官見寄〉云：「政拙年年祈水旱，民勞處處避嘲謳。河吞巨野那容塞，盜入蒙山不易搜。仕道固應慚孔、孟，扶顛末可責由、求。漸謀田舍猶懷祿，未脫風濤且傍洲。惘惘可憐真喪狗，時時相觸是虛舟。」〔註331〕身為地方知州之職，水、旱災異連連，使民遭其苦，暗指變法不當所致。然自己任官卻不能行孔、孟濟世扶傾之道，有愧於民，更不奢望像魯國家臣冉求、仲由般的能力，可扶濟顛危。新法新政帶來不便衝擊，猶似未脫險之風濤，人民處境猶如喪家犬。新法執行與現實落差，就像雙船並行渡河，到處是空船碰觸，足見蘇軾對新法相當地不滿。

　　蘇軾在湖州，對神仙造境與仰慕仙人的神仙之思，仍未淡忘，嘗賦詩如：

　　　　別來聚散如宿昔，城郭空存鶴飛去。……〔註332〕

　　　　嗟予少小慕真隱，白髮青衫天所械。……〔註333〕

〔註328〕蘇軾：《蘇軾詩集》〈次韻答參寥〉，卷18，頁949。
〔註329〕蘇軾：《蘇軾詩集》，卷18，頁949。
〔註330〕蘇軾：《蘇軾詩集》〈和孫同年卞山龍洞禱晴〉，卷19，頁965。
〔註331〕蘇軾：《蘇軾詩集》〈次韻周開祖長官見寄〉，卷19，頁981～982。
〔註332〕蘇軾：《蘇軾詩集》〈送劉寺丞赴餘姚〉，卷18，頁953。
〔註333〕蘇軾：《蘇軾詩集》〈與胡祠部游法華山〉，卷19，頁989。

> 仙壇古洞不可到，空聽餘瀾鳴湃湃。今朝偶上法華嶺，縱觀
> 始覺人寰隘。……〔註334〕

仕途愈加險惡，追求逍遙神仙愈加強烈，希望從煉氣煉丹成道，加快
進入真正的神仙國度，以避仕途之詭譎多變。

　　豈料在湖州，僅僅三個月的光景，元豐二年（1079）七月二十八
日突然接獲朝廷追捕令。傅藻《東坡紀年錄》載云：

> 是月，太子中允權監察御史何大正、舒亶，諫議大夫李定，
> 言公作為詩文，謗訕朝政及中外臣寮，無所畏憚。〔註335〕

御史中丞李定說他有四條可廢之罪，一為「怙終不悔，其惡已著。」
〔註336〕二為「傲悖之語，日聞中外。」〔註337〕三為「言偽而辨，行
偽而堅。」〔註338〕四為「陛下修明政事，怨不用己。」〔註339〕李定
作人身攻訐，謾罵蘇軾不學無術，僥倖試中。仕進後，恣意以文字嘲
諷詆毀朝政，訕上罵下。

　　監察御史舒亶攻擊他包藏禍心，恣意妄為，無人臣操守。認為陛
下要發錢以本業貧民，蘇軾就說：「贏得兒童語音好，一年強半在城
中。」〔註340〕陛下要明法以課試郡吏，即言：「讀書萬卷不讀律，致君
堯舜知無術。」〔註341〕陛下要興水利，則曰：「東海若知明主意，應教
斥鹵變桑田。」〔註342〕陛下要謹鹽禁，曰：「豈是聞韶解忘味，邇來三

〔註334〕　蘇軾：《蘇軾詩集》〈又次前韻贈賈耘老〉，卷19，頁990。
〔註335〕　（宋）傅藻編，明刊本，北京圖書館編：《東坡紀年錄》《北京圖書
　　　　　館藏珍本·年譜叢刊》第十九冊（北京：北京圖書館出版社，1999
　　　　　年4月），頁412～413。
〔註336〕　（宋）朋九萬撰：《東坡烏臺詩案》〈御史中丞李定箚子〉（臺北：藝
　　　　　文印書館，1968年，《百部叢書集成》影印《函海》本），頁4～5。
〔註337〕　（宋）朋九萬撰：《東坡烏臺詩案》，頁4～5。
〔註338〕　（宋）朋九萬撰：《東坡烏臺詩案》，頁4～5。
〔註339〕　（宋）朋九萬撰：《東坡烏臺詩案》，頁4～5。
〔註340〕　（宋）朋九萬撰：《東坡烏臺詩案》〈監察御史裏行舒亶箚子〉（臺
　　　　　北：藝文印書館，1968年，《百部叢書集成》影印《函海》本），頁
　　　　　2～3。
〔註341〕　（宋）朋九萬撰：《東坡烏臺詩案》，頁2～3。
〔註342〕　（宋）朋九萬撰：《東坡烏臺詩案》，頁2～3。

月食無鹽。」〔註343〕至於其他「觸物即事，應口所言，無一不以譏謗為主。」〔註344〕認定蘇軾就是對所有朝政不滿，無不以譏謗為主。

何大正，對其指控是「愚弄朝廷，妄自尊大，宣傳中外，孰不嘆驚！夫小人為邪，治世所不能免；大明旁燭，則其類自消。固未有如軾為惡不悛，怙終自若，謗訕譏罵，無所不為。」〔註345〕連國子博士李宜之亦上狀言，就其蘇軾撰〈靈壁張氏園亭亭記〉一節談及仕宦觀點，「言不必仕，是教天下之人必無進之心，以亂取士之法。」〔註346〕「必不仕則忘其君，是教天下之人無尊君之義，虧大忠之節。」〔註347〕李宜之認為蘇軾有「必不仕則忘其君」〔註348〕之意以及「處者安於故而難出，出者狃於利而忘返。于是有違親絕俗之譏，懷祿苟安之弊。」〔註349〕出處行誼都有瑕疵之弊且顯涉譏諷。

神宗愛才，原不想追究其事，然不抵眾監察史齊一圍攻，只好命御史臺派人拘捕審問。據《續資治通鑑長編》言：

〔註343〕（宋）朋九萬撰：《東坡烏臺詩案》，頁2～3。
〔註344〕（宋）朋九萬撰：《東坡烏臺詩案》，頁2～3。
〔註345〕（宋）朋九萬撰：《東坡烏臺詩案》〈監察御史裏行何大正箚子〉（臺北：藝文印書館，1968年，《百部叢書集成》影印《函海》本），頁1。
〔註346〕稱蘇軾與本家撰《靈壁張氏園亭亭記》，內有一節，稱：「古之君子不必仕，不必不仕；必仕則忘其身，不必仕則忘其君。譬之飲食，適於饑飽而已。然士罕能蹈其義，赴其節。處者安於故而難出，出者狃於利而忘返。於是有違親絕俗之譏，懷祿苟安之弊。」宜之看詳上件文字，義理不順：言「不必仕」，是教天下之人必無進之心，以亂取士之法。又軾言「必不仕則忘其君」，是教天下之人無尊君之義，虧大忠之節。又軾稱「譬之飲食，適於饑飽而已，然士罕能蹈其義，赴其節」，宜之詳此，即知天下之人，仕與不仕，不敢忘其君，而獨軾有「必不仕則忘其君」之意，是廢為臣之道。又軾稱「處者安於故而難出，出者狃於利而忘返。於是有違親絕俗之譏，懷祿苟安之弊」，顯涉譏諷，乞賜根勘。（宋）朋九萬撰：《東坡烏臺詩案》〈國子博士李宜之狀〉（臺北：藝文印書館，1968年，《百部叢書集成》影印《函海》本），頁4。
〔註347〕（宋）朋九萬撰：《東坡烏臺詩案》，頁4。
〔註348〕（宋）朋九萬撰：《東坡烏臺詩案》，頁4。
〔註349〕（宋）朋九萬撰：《東坡烏臺詩案》，頁4。

時定乞選官參治，及罷軾湖州，差職員追攝。既而上批，令
御史臺選牒朝臣一員乘驛追攝，又責不管別致疎虞狀，其罷
湖州朝旨，令差去官齎往。〔註350〕

詩案震盪，撼動全朝。連逮捕蘇軾的官史皇甫遵，態度都驕矜凶惡。
《宋史·蘇軾本傳》言：「逮赴臺獄，欲置之死，鍛鍊久之不決。」
〔註351〕朝中權佞者，無不欲置之死地。一紙緝捕令，「魂驚湯火命如
雞」〔註352〕著實令詩人惶恐驚懼。

　　蘇軾到了御史臺，雖經張方平、范鎮等人競相上奏奔走營救，弟
轍甘願用官職贖兄之罪。自己亦深感「柏臺霜氣夜淒淒，風動琅璫月
向低。」〔註353〕柏臺森然肅殺之氣，生命危急。後因皇帝憐憫，無意
殺之，亦得太皇太后曹氏搶救，曹后言：

嘗憶仁宗以制科得軾兄弟，甚喜，謂「與子孫得兩宰相」。
今聞軾以作詩繫獄得非小人中傷之，擴至於詩其過，微矣。
吾疾勢已篤，不可冤濫，致傷中和。〔註354〕

因特赦之故，賦詩〈已未十月十五日，獄中恭聞太皇太后不豫，有赦，
作詩〉，云：

庭柏陰陰晝掩門，烏知有赦鬧黃昏。漢宮自種三生福，楚客
還招九死魂。縱有鋤犁及田畝，已無面目見丘園。只應聖主
如堯舜，猶許先生作正言。〔註355〕

〔註350〕（宋）李燾撰，楊家駱主編：《續資治通鑑長編》（臺北：世界書局，
　　　　　1983 年 2 月），卷 299，頁 3138。

〔註351〕（元）脫脫等修撰，楊家駱主編：《新校本宋史並附編三種·蘇軾》，
　　　　　卷 338，頁 10809。

〔註352〕蘇軾：《蘇軾詩集》〈予以事繫御史臺獄，獄吏稍見侵，自度不能堪，
　　　　　死獄中，不得一別子由，故作二詩授獄卒梁成，以遺子由，二首·
　　　　　其二〉，卷 19，頁 999。

〔註353〕蘇軾：《蘇軾詩集》，卷 19，頁 999。

〔註354〕（清）王文誥輯注，《續修四庫全書》編纂委員，復旦大學圖書館古
　　　　　籍部編：《蘇文忠公詩編註集成》《續修四庫全書》第 1315 冊（上
　　　　　海：上海古籍出版社，2003 年 5 月），卷 19，頁 6～7。

〔註355〕蘇軾：《蘇軾詩集》〈已未十月十五日，獄中恭聞太皇太后不豫，有
　　　　　赦，作詩〉，卷 19，頁 1000。

詩案落幕，阻隔了奸小攻訐。終以「神宗獨憐之，以黃州團練副使安置」〔註356〕作為結果。蘇軾面臨如此重大生死關頭，著實是一大挑戰。

（五）潁州

哲宗元祐六年（1091）至哲宗元祐七年（1092），潁州時期神仙吟詠詩有十六首。

元祐六年（1091）八月，除龍圖閣學士、知潁州。蘇軾在潁，發揮地方長吏之職，為百姓興修水利，疏濬潁州西湖。賦詩〈西湖秋涸，東池魚窘甚，因會客，呼網師遷之西池，為一笑之樂。夜歸，被酒不能寐，戲作放魚一首〉云：

> 東池浮萍半黏塊，裂碧跳青出魚背。西池秋水尚涵空，舞閣搖深吹荇帶。吾僚有意為遷居，老守縱饞那忍膾。縱橫爭看銀刀出，濺瀩初驚玉花碎。但愁數罟損鱗鬐，未信長堤隔濤瀨。瀎瀎潑潑須臾間，圉圉洋洋尋丈外。安知中無蛟龍種，尚恐或有風雲會。明年春水漲西湖，好去相忘渺淮海。〔註357〕

潁州西湖疏濬要良好，不會讓東池浮萍黏壁塊，西池池水空蕩蕩，湖中自有龍種生成。注入活水源頭，潁州西湖美景自然天成。

杭州或潁州之西湖，各有千秋韻致。蘇軾與趙德麟同治西湖盛況，賦詩〈次韻德麟西湖新成見懷絕句〉曰：

> 壺中春色飲中仙，騎鶴東來獨惘然。猶有趙、陳同李、郭，不妨同泛過湖船。〔註358〕

寫出潁州西湖新成後，洞庭春色美，讓飲中仙不覺自醉。世傳神仙度人，必須腰纏十萬貫，騎鶴上揚州。有同伴相遊美景，人生一樂事。

〔註356〕（元）脫脫等修撰，楊家駱主編：《新校本宋史並附編三種‧蘇軾》，卷338，頁10809。

〔註357〕蘇軾：《蘇軾詩集》〈西湖秋涸，東池魚窘甚，因會客，呼網師遷之西池，為一笑之樂。夜歸，被酒不能寐，戲作放魚一首〉，卷34，頁1787～1788。

〔註358〕蘇軾：《蘇軾詩集》〈次韻德麟西湖新成見懷絕句〉，卷35，頁1877。

另疏濬西湖，不僅兼具賞玩及造景美觀，重要是發展農業生產，賦詩〈再次韻德麟新開西湖〉曰：

> 使君不用山鞠窮，飢民自逃泥水中。欲將百瀆起凶歲，免使
> 顧石愁揚雄。西湖雖小亦西子，縈流作態清而丰。千夫餘力
> 起三閘，焦陂下與長淮通。十年憔悴塵土窟，清瀾一洗啼痕
> 空。王孫本自有仙骨，平生宿衛明光宮。一行作吏人不識，
> 正似雲月初朦朧。時臨此水照冰雪，莫遣白髮生秋風。定須
> 却致兩黃鵠，新與上帝開濯龍。湖成君歸侍帝側，燈花已綴
> 釵頭蟲。〔註359〕

蘇軾認為水利建設能興豐順利，對百姓生活必然改善，泯除凶歲飢荒現象。疏通西湖，從焦陂接通長淮，不致有水潦殊禍。趙德麟君身有仙骨，宿衛忠正，宣化君恩。務使百姓生計安定。假以黃鵠、濯龍托喻神物寫法，肯定趙德麟疏濬辛勞與建樹有成。紀昀曰：「應酬語，却寫得濃至而警勤。」〔註360〕雖是應酬語，實應符合事實。

　　潁州時期，其他神仙吟詠的詩作，如：

> 好詩真脫兔，下筆先落鶻。知音如周郎，議論亦英發。文章
> 乃餘事，學道探玄窟。……〔註361〕

> 莫嫌風有待，漫欲戲寥廓。泠然心境空，彷彿來笙鶴。〔註362〕

> 餉魚欲自洗，鱗尾光卓犖。我是騎鯨手，聊堪充鹿角。〔註363〕

> 體備松柏姿，氣含芝朮薰。初扶鶴立骨，未出龍纏筋。〔註364〕

> 張公晚為龍，抑自龍中來。伊昔風雲會，咄嗟潭洞開。……
> 〔註365〕

〔註359〕蘇軾：《蘇軾詩集》〈再次韻德麟新開西湖〉，卷35，頁1878～1879。

〔註360〕蘇軾：《蘇軾詩集》，卷35，頁1878～1879。

〔註361〕蘇軾：〈送歐陽推官赴華州監酒〉，卷34，頁1806。

〔註362〕蘇軾：《蘇軾詩集》〈十月十四日以病在告，獨酌〉，卷34，頁1808。

〔註363〕蘇軾：《蘇軾詩集》〈明日復以大魚為饋，重二十斤，且求詩，故復戲之〉，卷34，頁1810。

〔註364〕蘇軾：《蘇軾詩集》〈和趙景貺栽檜〉，卷34，頁1811。

〔註365〕蘇軾：《蘇軾詩集》〈禱雨張龍公，既應，劉景文有詩，次韻〉，卷34，頁1817。

元龍本志陋曹吳，豪氣崢嶸老不除。失路今為嘔等伍，作詩猶似建安初。西來為我風鬢面，獨臥無人雪縞廬。留子非為十日飲，要令安世誦亡書。〔註366〕

白雲在天不可呼，明月豈肯留庭隅。怪君西行八百里，清坐十日一事無。〔註367〕

龍不憚往來，而我獨宴安。閉閣默自責，神交清夜闌。〔註368〕

歸來却夢尋花去，夢裏花仙覓奇句。此間風物屬詩人，我老不飲當付君。君行適吳我適越，笑指西湖作衣鉢。〔註369〕

自此養鉛鼎，無窮走河車。〔註370〕

今年洞庭春，玉色疑非酒。賢王文字飲，醉筆蛟龍走。〔註371〕

人抵此期生活無虞，尚與友朋利用公餘閒暇遊歷山水，深入民間，解決問題。同時藉神仙信仰，對學道求仙有進一步實踐，釋放官場上的壓力。

元祐七年（1092），作〈送芝上人遊廬山〉詩云：

二年閱三州，我老不自惜。圈圈如磨牛，步步踏陳迹。豈知世外人，長與魚鳥逸。老芝如雲月，炯炯時一出。比年三見之，常若有所適。逝將走廬阜，計闊道逾密。吾生如寄耳，出處誰能必。江南千萬峰，何處訪子室。〔註372〕

元祐六年（1091）二月，還朝，召為翰林學士承旨。三月離杭，八月知穎州，七年（1092）二月，移知揚州，故曰：「二年閱三州」如此顛波不已的仕途，連他身體老邁都不自惜。因此道出人生如寄「吾生如寄耳，出處誰能必。」忽焉縱逝的唏噓感慨。

〔註366〕蘇軾：《蘇軾詩集》〈和劉景文見贈〉，卷34，頁1821。

〔註367〕蘇軾：《蘇軾詩集》〈次前韻送劉景文〉，卷34，頁1822。

〔註368〕蘇軾：《蘇軾詩集》〈次韻陳履常張公龍潭〉，卷34，頁1826～1827。

〔註369〕蘇軾：《蘇軾詩集》〈蠟梅一首贈趙景貺〉，卷34，頁1828～1829。

〔註370〕蘇軾：《蘇軾詩集》〈次韻致政張朝奉仍招晚飲〉，卷34，頁1830。

〔註371〕蘇軾：《蘇軾詩集》〈洞庭春色幷引〉，卷34，頁1836。

〔註372〕蘇軾：《蘇軾詩集》〈送芝上人遊廬山〉，卷35，頁1899。

（六）揚州

哲宗元祐七年（1092）二月移知揚州，三月十六日到任。此期神仙吟詠詩的創作，有七首。

揚州芍藥盛名，因花會活動所需，却擾民所苦。蘇軾到任後，首項事務即停止萬花會活動。嘗賦詩云：「東都寄食似浮雲，襆被真成一宿賓。收得玉堂揮翰手，却為淮月弄舟人。羨君湖上齋搖碧，笑我花時甑有塵。為報年來殺風景，連江夢雨不知春。」〔註373〕蘇軾自註言：「來詩有『芍藥春』之句。揚州近歲，率為此會，用花十萬餘枝，吏緣為奸，民極病之，故罷此會。」〔註374〕說明揚州萬花會，用花十餘萬枝，已造成擾民現象，變為揚州大害。

蘇軾在揚州時期不長，厭倦腥風血雨的惡鬥官場，走遍千山萬水，更加轉向對神仙之仰慕。如〈雙石并敘〉曰：

> 夢時良是覺時非，汲水埋盆故自癡。但見玉峰橫太白，便從鳥道絕峨眉。秋風與作烟雲意，曉日令涵草木姿。一點空明是何處，老人真欲住仇池。〔註375〕

嚮往洞天福地的仙境，乃傳說中羣仙統轄匯聚處所。《雲笈七籤·洞天福地部》云：「十大洞天者，處大地名山之間，是上天遣群仙統治之所。」〔註376〕其中第二委羽山洞，乃「周迴萬里，號曰大有空明之天。」〔註377〕大有空明之天的委羽山洞究為何處，恐往仇池尋覓去。

在揚州，仰慕陶淵明。淵明精神的興發啟示，帶來蕩漾情感，領會淵明淳真及寄意真髓。學陶、和陶始於揚州。〈和陶飲酒二十首〉敘言明確地說：

> 吾飲酒至少，常以把盞為樂。往往頹然坐睡，人見其醉，而吾中了然，蓋莫能名其為醉為醒也。在揚州時，飲酒過午輒

〔註373〕蘇軾：《蘇軾詩集》〈次韻林子中春日新隄書事見寄〉，卷35，頁1872。
〔註374〕蘇軾：《蘇軾詩集》，卷35，頁1872。
〔註375〕蘇軾：〈雙石并敘〉，卷35，頁1881。
〔註376〕（宋）張君房輯：《雲笈七籤》〈洞天福地部〉（北京：齊魯書社，1988年9月），卷27，頁158。
〔註377〕（宋）張君房輯：《雲笈七籤》，卷27，頁159。

罷。客去，解衣盤礴，終日歡不足而適有餘。因和淵明《飲
酒》二十首，庶以仿佛其不可名者，示舍弟子由、晁無咎學
士。〔註378〕

蘇軾瞭解自己處境，欲學陶卻又被世事纏之，要適時地釋放俗務「寸
田無荊棘，佳處正在茲。」〔註379〕讓心中無荊棘罣礙，自然處處皆佳
景。羨慕淵明的真淳無拘「淵明獨清真，談笑得此生。」〔註380〕欣賞
淵明傲霜枝的人生哲學，不役於物的從容態度「我坐華堂上，不改麋
鹿姿。時來蜀岡頭，喜見霜松枝。」〔註381〕尋覓人間仙境，登上《山
海經》中千仞高之太華山頂，有一仙池，生長千葉蓮花「不如玉井蓮，
結根天池泥。」〔註382〕營造仙境，擺脫塵俗。進入真正了然純淨的心
靈世界「人間本兒戲，顛倒略似茲。惟有醉時真，空洞了無疑。」〔註383〕
惟有酣醉時，才是人生真諦。醉醒之後，坦然面對真實自己「於古豈
不多，何事復歎息。」〔註384〕學學淵明不隨波逐流，「俯仰各有態」
〔註385〕澹泊明志，詩人內心獨白，盡和陶詩，寄託陶意以明己志。

（七）定州

　　哲宗元祐八年（1093）八月，以二學士知定州，十月到定州任。
定州時期神仙吟詠詩的創作，有八首。

　　定州，古代中山國所治，是北宋邊陲重鎮。當蘇軾出守邊陲時，
理應陛辭，哲宗卻以「未任官闕，迎接人眾」〔註386〕為由，降旨拒絕
蘇軾上殿面辭。蘇軾勸哲宗要處晦觀明，處靜觀動，辨識邪正，要德
治服民。哲宗卻置若罔聞，將其一貶再貶，終未返朝。

〔註378〕蘇軾：《蘇軾詩集》〈和陶飲酒二十首并敘〉，卷35，頁1881。
〔註379〕蘇軾：《蘇軾詩集》〈和陶飲酒二十首·其一〉，卷35，頁1883。
〔註380〕蘇軾：《蘇軾詩集》〈和陶飲酒二十首·其三〉，卷35，頁1884。
〔註381〕蘇軾：《蘇軾詩集》〈和陶飲酒二十首·其八〉，卷35，頁1885。
〔註382〕蘇軾：《蘇軾詩集》〈和陶飲酒二十首·其九〉，卷35，頁1886。
〔註383〕蘇軾：《蘇軾詩集》〈和陶飲酒二十首·其十二〉，卷35，頁1888。
〔註384〕蘇軾：《蘇軾詩集》〈和陶飲酒二十首·其十五〉，卷35，頁1889。
〔註385〕蘇軾：〈和陶飲酒二十首·其三〉，卷35，頁1884。
〔註386〕蘇軾：《蘇軾文集》〈朝辭赴定州論事狀〉，卷36，頁1019。

蘇軾離汴京，赴定州，寫給弟轍〈東府雨中別子由〉詩云：

> 庭下梧桐樹，三年三見汝。前年適汝陰，見汝鳴秋雨。去年
> 秋雨時，我自廣陵歸。今年中山去，白首歸無期。客去莫歎
> 息，主人亦是客。對牀定悠悠，夜雨空蕭瑟。起折梧桐枝，
> 贈汝千里行。歸來知健否？莫忘此時情。〔註387〕

淒涼離行的心情，唯有手足知之，賦詩道盡政治風雲詭辯，暗示兄弟
倆仕途前景未卜。從去年廣陵到今年定州，人事動盪，令人手足無措。
自己預料此去一別，恐難再返。詩云：「客去莫歎息，主人亦是客。」
主人意指弟轍，預料將步其後塵，踏上外放不歸路。政途晦暗可以
莫管，但兄弟至情顯露，詩云：「歸來知健否？莫忘此時情。」彼此關
切溢於言表。

定州時期，寫出有關神仙吟詠詩，有〈書丹元子所示《李太白
真》〉云：

> 天人幾何同一漚，謫仙非謫乃其遊，麾斥八極隘九州，化為
> 兩鳥鳴相酬，一鳴一止三千秋，開元有道為少留，縻之不可
> 矧肯求。……〔註388〕

蘇軾欣賞李白，受其瀟灑氣度影響。稱讚李白既是凡人又是神仙，
世間有幾人能像他如此？把李白當作至人看待，可以「上闚青天，
下潛黃泉，揮斥八極，神氣不變。」〔註389〕乃周遍寰宇的神仙。然李
白化作大鵬鳥雙禽，「一鳴一止三千秋」。於開元年間，人世暫遊，天
寶亂世，人間卻留不住天上謫仙人，乘霞飛天。蘇軾真希望自己就像
李白，雖非謫仙人，但願乘雙仙禽，一鳴一止乘風而去。懇請姚丹元
道士襄佐協助以成仙。

〈鶴歎〉云：

> 園中有鶴馴可呼，我欲呼之立坐隅。鶴有難色側睨予，豈欲

〔註387〕蘇軾：《蘇軾詩集》〈東府雨中別子由〉，卷37，頁1991～1992。
〔註388〕蘇軾：《蘇軾詩集》〈書丹元子所示《李太白真》〉，卷37，頁1995。
〔註389〕（清）郭慶藩編，王孝魚整理，《莊子集釋》〈田子方第二十一〉（臺
　　　　北：木鐸出版社，1988年元月），卷7上，頁725。

臆對如鵬乎？我生如寄良畸孤，三尺長脛閣瘦軀。俯啄少許
便有餘，何至以身為子娛。驅之上堂立斯須，投以餅餌視若
無。戛然長鳴乃下趨，難進易退我不如。〔註390〕

採托喻神物之寫法，鶴為長壽象徵。園中有馴鶴可任意呼喚，現實中
的自己，卻非馴鶴。模擬情境造景，發揮想像，營造園中鶴睥睨注視，
道盡欲如鵬鳥嘆息，舉首振翅。當口不能言，只好臆測以對。鶴之清
高，俯啄少許，即已飽足。凌雲壯志，焉須為人耳目玩賞，不隨波逐
流，暗示詩人之處境艱辛。原是皇帝近侍、侍講，爾今盡遭謫被棄，
訴盡侍君難進易退。此首以神物之鶴，抒發歎息，寓意深沉，訴求不
得志的情緒觀感。

　　蘇軾在邊陲之地，尚能定靜之心，和道士往遊有很大關係。兄弟
倆隨其學道術煉丹藥，龍珠丹應屬成仙丹藥，贈與兄弟，賦詩贈之。
〈次韻子由清汶老龍珠丹〉云：

天公不解防癡龍，玉函寶方出龍宮。雷霆下索無處避，逃入
先生衣袂中。先生不作金椎袖，玩世徜徉隱屠酒。夜光明月
空自投，　飯何勞緯蕭于，黃門寡好心易足，荊棘不生梨棗
熟。玄珠白璧兩無求，無脛金丹來入腹。區區分別笑樂天，
那知空門不是仙。〔註391〕

此詩先營造清汶老人如何拿到龍珠丹的過程。龍珠來自崑崙仙山，
「是崑崙下地仙酒館，羊名為癡龍。初一珠，食之與天地等壽，第二
珠，食之可以延年，第三珠充飢而已。」〔註392〕龍珠之神奇療效。天
公不解，未防癡龍之珠，被清汶老人取得，帶著《玉函寶方》的仙藥
典籍走出龍宮，就此隱居市廛中。此顆龍珠丹，甚比夜色明月閃爍輝
煌。龍珠丹之彌足珍貴，是不容他人輕易擊碎。當時擔任門下侍郎的
子由，少好道，精煉丹氣，寡欲清心易足，學道高深已達荊棘不入心
的階段，不役於外物，因此連玄珠、白璧都打動不了他。最後以白居

〔註390〕蘇軾：《蘇軾詩集》〈鶴歎〉，卷37，頁2003。
〔註391〕蘇軾：《蘇軾詩集》〈次韻子由清汶老龍珠丹〉，卷37，頁2006～2007。
〔註392〕蘇軾：《蘇軾詩集》，卷37，頁2006～2007。

易為例，笑取白樂天「我學空門非學仙，恐君此說是虛傳。」〔註393〕
然蘇軾卻言：「那知空門不是仙」在此神仙思想意味濃厚。同時，側寫
蘇轍學道煉丹行氣之深，不受干擾，自然得道。

　　學道修道，除了要煉氣行氣，尚須服食仙藥。據聞河東道上黨郡
有紫團山，出產人參草。因此，賦詩〈紫團參寄王定國〉云：

> 谽谺土門口，突兀太行頂。豈惟團紫雲，實自俯倒景。剛風
> 被草木，真氣入苕穎。舊聞人銜芝，生此羊腸嶺。纖攡虎豹
> 鬣，蹙縮龍蛇瘦。蠶頭試小嚼，龜息變方聘。翛予明真子，
> 已造浮玉境。清宵月掛戶，半夜珠落井。灰心寧復然，汗喘
> 久已靜。東坡猶故目，北藥致遺秉。欲持三椏根，往侑九轉
> 鼎。為予置齒頰，豈不賢酒茗。〔註394〕

人參長在羊腸陂，品質好的人參，須具備「纖攡虎豹鬣，蹙縮龍蛇
瘦。」的外型樣貌。細細咀嚼品嘗「蠶頭試小嚼，龜息變方聘。」可
延年益壽。這是托喻神物的手法，人參之珍貴猶如龍蛇瘦、虎豹鬣
地珍奇。〔施註〕《神仙傳》所言：「仙方有九品，其七名九轉霜雪之
丹。」〔註395〕仙方中第七味的九轉霜雪之丹，食之後，香溢齒頰，提
振元氣。於此可見蘇軾服食丹藥求仙的試煉，認為人參仙草，具有養
生滋補療效。

四、貶謫精蘊昇華期

　　蘇軾曾自言：「問汝平生功業，黃州、惠州、儋州。」〔註396〕初
謫黃，讓蘇軾政治態度、生活態度，以及創作發展有了新契機。收斂
昔日笑罵直言，不再馳騁快意，乃趨向委婉曲折。政途一再受欺迫，
再謫嶺南惠、儋，追求的是平淡古樸，成為詩藝之風。然神仙吟詠詩
的創作，此階段創作占神仙吟詠詩的總數三分之一，黃州二十三首，
惠州五十首，儋州二十四首，合計九十七首。

〔註393〕蘇軾：《蘇軾詩集》，卷37，頁2006～2007。
〔註394〕蘇軾：《蘇軾詩集》〈紫團參寄王定國〉，卷37，頁2008～2009。
〔註395〕蘇軾：《蘇軾詩集》，卷37，頁2008～2009。
〔註396〕蘇軾：《蘇軾詩集》〈自題金山畫像〉，卷44，頁2641。

（一）黃州

神宗元豐二年（1079）十二月至元豐七年（1084）四月止，蘇軾謫黃。「十二月二十四日，得旨，責檢校尚書水部員外郎、黃州團練副使、本州安置。」〔註397〕貶謫黃州時期神仙吟詠詩的創作，有二十三首。

元豐三年（1080），二月一日至黃州，寓居定惠院。〈初到黃州〉詩云：

> 自笑平生為口忙，老來事業轉荒唐。長江繞郭知魚美，好竹
> 連山覺筍香。逐客不妨員外置，詩人例作水曹郎。只慚無補
> 絲毫事，尚費官家壓酒囊。〔註398〕

一首自我解嘲，從「平生為口忙」庸碌忙轉到看似老來荒唐業無成。感嘆人生瞬息逆變，卻無力轉圜。祇好寄託眼前之好山好水，淡化心中橫阻塊礌。

黃州環境不盡如意，雖為貶謫僇人身分，在文學創作上卻是豐收的。蘇轍〈亡兄子瞻端明墓誌銘〉言：

> 上終憐之，促具獄，以黃州團練副使安置。公幅巾芒屩，與田
> 父野老相從溪谷之間，築室於東坡，自號東坡居士。〔註399〕

遠離政爭惡鬥，以團練副使身分，正符合詩人尋幽訪仙，得以歇息，故曰：「幅巾芒屩，與田父野老相從溪谷之間。」轉以神仙之思，只要靈魂不死、精神不滅，透過煉氣養生，保養精神，足以得道成仙。蘇軾在黃州，躬耕作息，讓自己心境澄明，即使「此身聚散何窮已，未忍悲歌學楚囚。」〔註400〕雖為失意政客，亦不失瀟灑僇人。

〔註397〕（宋）傅藻編，明刊本，北京圖書館編：《東坡紀年錄》《北京圖書館藏珍本‧年譜叢刊》第十九冊（北京：北京圖書館出版社，1999年4月），頁413。

〔註398〕蘇軾：《蘇軾詩集》〈初到黃州〉，卷20，頁1032。

〔註399〕蘇轍著，陳宏天、高秀芳點校：《蘇轍集‧欒城後集》〈亡兄子瞻端明墓誌銘〉（北京：中華書局，1999年7月），卷22，頁1120。

〔註400〕蘇軾：《蘇軾詩集》〈陳州與文郎逸民飲別，攜手河堤上，作此詩〉，卷20，頁1017。

　　蘇軾採既來之則安之的心態,沉澱心思,縱遊山水、交遊友朋、勞動躬耕,增強筋力。同時,藉由對神仙信仰,求長生不死、延年益壽,可以「寒溫風濕不能傷,鬼神眾精不能犯,五兵百毒不能中,憂喜毀譽不為累。」〔註401〕學學神仙變化飛昇、任意出處的自由,如能修煉不死與飛昇仙界,便可達神仙仙境,做到「却後五百年,騎鶴還故鄉。」〔註402〕的理想,與世無爭的瀟灑國度。

　　神仙信仰對市井小民是種精神依託,即便貶臣僇人,神仙依託仍是最好的避風所。蘇軾黃州神仙吟詠之作,仍暗藏滿腹牢騷。賦詩如:

神山一合五百年,風吹石髓堅如鐵。〔註403〕

西上九曲亭,眾山皆培塿。却看江北路,雲水渺何有。……

〔註404〕

或投以塊鏗有聲,雷飛上天蛇入水。水上青山如削鐵,神物欲出山自裂。……〔註405〕

早晚青山映黃髮,相看萬事一時休。〔註406〕

我今漂泊等鴻雁,江南江北無常棲。……〔註407〕

不知流落幾人手,坐看變滅如春雪。忽然贈我意安在,兩腳未許甘衰歇。……〔註408〕

先生真是地行仙,住世因循五百年。每向銅人話疇昔,故教鐵杖鬪清堅。〔註409〕

〔註401〕 （晉）葛洪撰:《抱朴子內篇》〈對俗〉（臺北:臺灣商務印書館股份有限公司,1968年3月）,卷3,頁47。

〔註402〕 蘇軾:《蘇軾詩集》〈戲作種松〉,卷20,頁1027。

〔註403〕 蘇軾:《蘇軾詩集》〈石芝并引〉,卷20,頁1048。

〔註404〕 蘇軾:《蘇軾詩集》〈遊武昌寒溪西山寺〉,卷20,頁1049～1050。

〔註405〕 蘇軾:《蘇軾詩集》〈武昌銅劍歌并引〉,卷20,頁1051。

〔註406〕 蘇軾:《蘇軾詩集》〈今年正月十四日,與子由別於陳州,五月,子由復至齊安,未至以詩迎之〉,卷20,頁1052。

〔註407〕 蘇軾:《蘇軾詩集》〈與子由同游寒溪西山〉,卷20,頁1055。

〔註408〕 蘇軾:《蘇軾詩集》〈鐵拄杖并敘〉,卷20,頁1064。

〔註409〕 蘇軾:《蘇軾詩集》〈樂全先生生日以鐵拄杖為壽二首·其一〉,卷21,頁1086。

> 學道無成鬢已華，不勞千劫漫烝砂。……〔註410〕

以上詩作，寄寓諷諫意味濃厚。遊歷黃州山水，環視眾山皆培塿，暗喻己身所處惡劣環境，皆為羣小奸佞窺伺。反觀仕途飄泊不已，如鴻雁般江南江北往來，毫無棲息之所。感嘆學道無所成，時光消逝鬢髮已摧白。

　　黃州生活是艱困的，行動也受到侷促監視，因此他需要友情關心。黃州太守徐君猷，待之甚篤，他銘感在心「始謫黃州，舉目無親，君猷一見，相待如骨肉，此意豈可忘哉。」〔註411〕來到黃州，杜門深居，一心向道學仙，煉丹藥，療癒漸衰體力。〈贈黃山人〉詩云：

> 面頰照人元自赤，眉毛覆眼見來烏。倦遊不擬談玄牝，示病
> 何妨出白鬚。絕學已生真定慧，說禪長笑老浮屠。東坡若肯
> 三年任，親與先生看樂爐。〔註412〕

〈贈黃道人〉言虛空變化是永不停歇，屬於微妙的母性。「玄牝之門，是謂天地根。」〔註413〕而此微妙母性之門，乃創生天地萬物的根源。要學習拋棄政教禮俗之學，一如《楞嚴經》所說：「攝心為戒，因戒生定，因定發慧，是名三無漏學。」〔註414〕心境是澄靜的，當絕學無憂後，即已生戒定慧。因此，詩人認為如果可以定居在黃州東坡，想與黃照道人親自煉丹試藥，畢竟「河車九轉宜精練，火候三年在好看。」〔註415〕煉就運行真一之氣，使其周流無窮，如車載物，車行於河中，如氣周行於血絡。因此煉丹行氣，須求精煉，終成火候。從詩意中不難看出他試煉丹藥的需求，與對神仙的渴慕。

〔註410〕蘇軾：《蘇軾詩集》〈三朵花并敘〉，卷21，頁1104。
〔註411〕蘇軾：《蘇軾文集》〈與徐得之十四首·一〉，卷57，頁1721。
〔註412〕蘇軾：《蘇軾詩集》〈贈黃山人〉，卷21，頁1118。
〔註413〕陳鼓應註譯：《老子今註今譯》〈六章〉（臺北：臺灣商務印書館股份有限公司，1997年1月），頁72。
〔註414〕蘇軾：〈贈黃山人〉，卷21，頁1118。
〔註415〕蘇軾：〈贈黃山人〉，卷21，頁1118。

元豐五年（1082），神宗有意復用，蘇軾認為「人材實難，不忍終棄。」〔註416〕重新開始新人生的機運。蘇軾上書自請言：「有田在常，願得居之。朝奏，夕報可」〔註417〕。〈乞常州居住表〉云：「又汝州別無田業，可以為生，犬馬之憂，饑寒為急。竊謂朝廷至仁，既已全其性命，必亦憐其失所。臣先有薄田，在常州宜興縣，粗給饘粥，欲望聖慈特許於常州居住。」〔註418〕奏准後，一路啟程至常州。途經廬山一遊，〈初入廬山三首〉其二詩，云：「自昔懷清賞，神游杳藹間。如今不是夢，真箇在廬山。」〈廬山二勝・開先漱玉亭〉云：「蕩蕩白銀闕，沉沉水精宮。願隨琴高生，腳踏赤鯶公。」〈廬山二勝・棲賢三峽橋〉云：「玉淵神龍近，雨雹亂晴晝。」廬山勝景氤氳裊裊，美若仙境，讓詩人對求仙欲望更強烈。

蘇軾欲隨謫仙人李白、卓道人步履，詩云：

寄臥虛寂堂，月明浸疏竹。泠然洗我心，欲飲不可掬。流光發永歎，自昔非余獨。行年四十九，還此北窗宿。緬懷卓道人，白首寓醫卜。謫仙固遠矣，此士亦難復。世道如弈棋，變化不容覆。惟應玉芝老，待得蟠桃熟。〔註419〕

能煉就日月華功，「泠然洗我心」使心思沉靜。但詩人仍憂慮「世道如弈棋，變化不容覆。」的局面。顛覆不已的世道，令人捉摸不定，唯有寄託在仙人仙境裡。以詩意書寫未來的方向，期待有玉芝老、蟠桃熟的仙境。此刻神仙吟詠之詩，充盈著濃烈的求仙意味。

除此，對神仙思想信仰的追求，如：

先生一去五百載，猶在峨眉西崦中。自為天仙足官府，不應尸解坐蝱蟲。〔註420〕

〔註416〕 蘇轍：〈亡兄子瞻端明墓誌銘〉，卷22，頁1120。

〔註417〕 （元）脫脫等修撰：《新校本宋史並附編三種・蘇軾》，卷338，頁10809。

〔註418〕 蘇軾：《蘇軾文集・蘇軾佚文彙編》〈乞常州居住表〉，卷1，頁2423～2424。

〔註419〕 蘇軾：〈和李太白并敘〉，卷23，頁1233。

〔註420〕 蘇軾：《蘇軾詩集》〈題孫思邈真〉，卷24，頁1257。

寄語天公與河伯，何妨乞與水精鱗。〔註421〕

我醉而嬉欲仙去，傍人笑倒山謂實。問我此生何所歸，笑指浮休百年宅。〔註422〕

異時長怪謫仙人，舌有風雷筆有神。聞道騎鯨游汗漫，憶嘗捫蝨話悲辛。……〔註423〕

神仙護短多官府，未厭人間醉踏歌。〔註424〕

透過這些詩作，掙脫世俗枷鎖，尋求精神自由的依歸，讓生命得以延年益壽，而能永恆與自由。從神仙哲學哲理中，參悟了得，可解憂以避世。透過對煉氣養性之道，讓人生不得意有個隱遁之處、棲身之所。

（二）惠州

哲宗紹聖元年（1094）十月至紹聖四年（1097）四月，謫惠州。惠州時期神仙吟詠詩的創作，有五十首。

元祐九年（1094）四月，改元為紹聖元年（1094）。佞臣以蘇軾作誥詞有「譏斥先朝」〔註425〕之嫌。蘇軾未作抗辯「累歲寵榮，固已太過，此時竄責，誠所宜然。瘴海炎陬，去若清涼之地；蒼顏素髮，誰憐衰暮之年。」〔註426〕政敵認為他的責罰不當，誥下，罷去定州任官，緊接削落端明殿學士兼翰林侍讀學士，降左承議郎責知英州，未至英州，旋又責授寧遠軍節度副使，惠州安置，不得簽書公事。如此貶罰，令詩人感慨嘆曰：「許國心猶在，康時術已虛。岷峨家萬里，投老得歸無。」〔註427〕遲暮之年再次流徙，故里迢遠，垂老難歸。

蘇軾再謫嶺南惠州，以為停息政治風暴，怎料惠州卻是新的謫放

〔註421〕蘇軾：《蘇軾詩集》〈戲作鮰魚一絕〉，卷24，頁1257。

〔註422〕蘇軾：《蘇軾詩集》〈蒜山松林中可卜居，餘欲徙其地，地屬金山，故作此詩與金山元長老〉，卷24，頁1278。

〔註423〕蘇軾：《蘇軾詩集》〈和王斿二首·其一〉，卷24，頁1290～1291。

〔註424〕蘇軾：《蘇軾詩集》〈贈梁道人〉，卷24，頁1295。

〔註425〕（元）脫脫等修撰：《新校本宋史並附編三種·蘇軾》，卷338，頁10816。

〔註426〕蘇軾：《蘇軾文集》〈英州謝上表〉，卷24，頁715。

〔註427〕蘇軾：《蘇軾詩集》〈望湖亭〉，卷38，頁2050。

始端。但詩人不氣餒，轉向神仙思維支撐意志，用道家修為靜明虛一的態度，化解危機；用曠達超然，迎接流放中的無奈。心中是坦蕩的，昂揚地說：「生逢堯舜仁，得作嶺海遊。」〔註428〕貶謫嶺海的瀟脫，不畏橫逆。即便謫命更迭三改，權臣宦敵欲置之死地，仍未潰擊一代哲人。蘇軾，再次調適重整心理，道出：「夫南方雖為瘴癘地，然死生有命，初不由南北也，且許過我而歸。」〔註429〕死生有命的了悟，自我寬舒，胸中安然磊落。

　　嶺南貶謫歲月，是其生命經歷最低潮蔭谷，也是生命光輝最璀璨爛漫的精華。和陶詩大量創作，重新省思生命的真諦。學陶、和陶的融入，淳樸歸真、澹泊明志，老莊哲學至理圓融，崇道、學道求仙，內丹行氣修煉，營造蘇軾的人生哲學。神仙思想的仰賴慰藉，平撫現實世界的不安，追求神仙世界的祥和。存思內觀、守靜守一、胎息行氣，煉就龍虎鉛汞之內丹，修煉性命理論，使己身為煉爐，運神為用，凝聚精氣神不散，而通往仙人仙境。

　　紹聖元年（1094）四月，自汴京出發，南行的神仙吟詠作品，有〈黃河〉詩云：

> 帝假一源神禹迹，世流三患梗堯鄉。靈槎果有仙家事，試問青天路短長。〔註430〕

天下有道則見，無道則修德養身。學道學仙，假以乘龍駕雲，去而上仙。又〈過祀贈馬夢得〉詩云：

> 萬古仇池穴，歸心負雪堂。殷勤竹裏夢，猶自數山王。〔註431〕

寫出蘇軾與馬正卿的交情，一心追求仇池仙山洞穴，在洞天福地的仇池山煉道求仙。當年蘇軾於黃州，築雪堂修養的意念，似乎只能夢裡尋覓，訪竹林七賢中的山濤、王戎。詩意暗示企圖求仙煉道，又要像竹林七賢般清幽，莫管世間俗事，嚮往林泉之樂。

〔註428〕蘇軾：《蘇軾詩集》〈聞正輔表兄將至，以詩迎之〉，卷39，頁2142。
〔註429〕蘇軾：《蘇軾文集》〈與吳秀才三首‧二以下俱惠州〉，卷57，頁1738。
〔註430〕蘇軾：《蘇軾詩集》〈黃河〉，卷37，頁2026。
〔註431〕蘇軾：《蘇軾詩集》〈過祀贈馬夢得〉，卷37，頁2028。

〈六月七日泊金陵，阻風，得鍾山泉公書，寄詩為謝〉詩云：

> 獨望鍾山喚寶公，林間白塔如孤鶴。寶公骨冷喚不聞，却有
> 老泉來喚人。電眸虎齒霹靂舌，為余吹散千峰雲。南行萬里
> 亦何事，一酌曹溪知水味。他年若畫蔣山圖，為作泉公喚居
> 士。〔註432〕

行至金陵，江頭天色昏暗，雲起風作。《傳燈錄》中蔣山佛慧禪師，熙寧年間曾住鍾山。此刻，詩人望向鍾山呼喚寶公大士，骨冷無回應，而他所葬之定林寺獨龍岡白塔，遠眺如孤鶴促立。這時，只有佛慧禪師聲如洪鐘厲聲喚人，又像西王母虎齒蓬髮，戴勝善嘯，替我吹散連峰千嶂的雲朵，一路南行萬里。運用西王母神仙形象，護佑的心理，導引詩人南行順暢。

途經九華山，賦詩〈壺中九華并引〉言：

> 天池水落層層見，玉女窗虛處處通。念我仇池太孤絕，百金
> 歸買碧玲瓏。〔註433〕

此詩寫蘇軾對玩石有興致，李正臣蓄養異石九峰，玲瓏婉轉剔透，蘇軾欲用百金購買之。因此名曰壺中九華。清陽縣九華山，山勢險秀。石中紋路氣勢如九華神采奇異，別具神仙天地之美。以上南行數首，營造仙境氛圍，說明己志遭遇，依賴神仙信仰，邁向迢迢萬里之途。

蘇軾翻山越嶺，行經大庾嶺，賦詩云：

> 一念失垢污，身心洞清淨。浩然天地間，惟我獨也正。今日
> 嶺上行，身世永相忘。仙人拊我頂，結髮受長生。〔註434〕

嶺南地域，崇山峻嶺，終年雲霧氤氳，猶似上界仙境。詩人反觀己身遭遇，將外在污垢全然拋開，身心靈純然清淨。一念之間轉化，身世兩相忘。又得以仙人拊頂，浩存天地裡。學神仙陰長生超然遐舉的行止，將死生禍福置之度外，如神仙逍遙自在，不泥於現實。對學道求仙的意念

〔註432〕蘇軾：《蘇軾詩集》〈六月七日泊金陵，阻風，得鍾山泉公書，寄詩為謝〉，卷37，頁2031～2032。

〔註433〕蘇軾：《蘇軾詩集》〈壺中九華并引〉，卷38，頁2048。

〔註434〕蘇軾：《蘇軾詩集》〈過大庾嶺〉，卷38，頁2056～2057。

更加強烈，用神仙信仰來修養內歛，情思不致被殘酷擊潰。

行程到韶州，神仙思想愈加明顯，如：

> 雙闕浮空照短亭，至今猿鳥嘯青熒。君王自此西巡狩，再使
> 魚龍舞洞庭。〔註435〕

> 嶺海東南月窟西，功成天已錫玄圭。此方定是神仙宅，禹亦
> 東來隱會稽。〔註436〕

> 我願銅山化南畝，爛漫黍麥蘇惸鰥。道人修道要底物，破鐺
> 煮飯茅三間。〔註437〕

> 我本修行人，三世積精鍊。中間一念失，受此百年譴。……
> 〔註438〕

> 我行畏人知，恐為仙者迎。小語輒響答，空山白雲驚。策杖
> 歸去來，治具煩方平。〔註439〕

> 佳人劍翁孫，游戲暫人間。忽憶嘯雲侶，賦詩留玉環。林深
> 不可見，霧雨霾鬖鬠。〔註440〕

沿途行經寺院之幽靜，自然林泉之神工，這些山中寺觀都是最佳修煉、修道求仙的好處所。從仰慕仙人出發，仙人導引修道，通過一道道修煉方術，便可長生不死。

舟行至清遠縣，見一顧姓秀才，為詩人介紹惠州風物之美，詩云：

> 到處聚觀香案吏，此邦宜著玉堂仙。江雲漠漠桂花濕，海雨
> 翛翛荔子然。聞道黃柑常抵鵲，不容朱橘更論錢。恰從神武
> 來弘景，便向羅浮覓稚川。〔註441〕

〔註435〕 蘇軾：《蘇軾詩集》〈宿建封寺，曉登盡善亭，望韶石三首·其一〉，
　　　　 卷38，頁2058。
〔註436〕 蘇軾：《蘇軾詩集》〈宿建封寺，曉登盡善亭，望韶石三首·其三〉，
　　　　 卷38，頁2059。
〔註437〕 蘇軾：《蘇軾詩集》〈月華寺〉，卷38，頁2060。
〔註438〕 蘇軾：《蘇軾詩集》〈南華寺〉，卷38，頁2061。
〔註439〕 蘇軾：《蘇軾詩集》〈碧落洞〉，卷38，頁2063。
〔註440〕 蘇軾：《蘇軾詩集》〈峽山寺〉，卷38，頁2064。
〔註441〕 蘇軾：《蘇軾詩集》〈舟行至清遠縣，見顧秀才，極談惠州風物之美〉，
　　　　 卷38，頁2064～2065。

惠州風土人情，居民敬重官吏，尤其翰林學士，更尊敬之。嶺南氣候雨多、溼氣厚，常是雲霧繚繞，空氣中常飄散桂花香。當梅雨季來臨，正是荔枝火紅成熟，味道甘甜鮮美。已令蘇軾未抵時，更加喜愛惠州風土。聽聞惠州柑橘盛產，多到可以擲烏鵲，交易不必論斤秤兩，足見惠州物產豐榮，並非物資匱乏。最後引用神仙家煉丹成仙的典故自比。有唐僧弘景，從神武門來弘佛法；有葛洪在羅浮山煉丹成仙。故詩人來到惠州，不必畏懼，更適合學道求仙。此首從仰慕葛洪羅浮山煉丹成仙著墨，冀望到惠州，有機會煉丹成仙，如閉息內觀、龍虎鉛汞說、學龜息法等，煉丹行氣，作到長生久視，生道合一的超然神仙化境。

　　初到惠州，嶺南秀麗好風光，一洗詩人憂懣情懷。老莊的隨緣委命、隨緣化性思想深深影響蘇軾，〈十月二日初到惠州〉云：「仿佛曾遊豈夢中，欣然雞犬識新豐。吏民驚怪坐何事，父老相攜迎此翁。」〔註442〕蘇軾用隨緣自適之思，化解抑鬱謫命。心情模擬劉邦建都長安，其父思鄉，將其故居豐邑縣街坊格局，複製到長安城來，故名曰新豐。貶謫僇臣初到惠州，同樣也有此愁思，彷彿曾經有過遊歷經驗，因此廣東新豐的雞犬都似曾相識熟悉。地方父老相迎攜，用佳釀美酒歡迎。蘇軾到惠州，有盛情、有美景、有佳釀，讓謫臣拋開抑鬱的煩懣。

　　蘇軾到達惠州後，甚覺風物名不虛傳，詩云：

　　羅浮山下四時春，盧橘楊梅次第新。日啖荔枝三百顆，不辭
　　長作嶺南人。〔註443〕

羅浮山適合煉丹成仙之所，是黃橘、楊梅相繼開花結果，也是荔枝盛產之地。嶺南好山好水物產豐，蘇軾已作深居惠州的打算。他每到一處，總以曠達眼界看待。如〈寓居合江樓〉，詩云：

　　海山蔥曨氣佳哉，二江合處朱樓開。蓬萊方丈應不遠，肯為

〔註442〕蘇軾：《蘇軾詩集》〈十月二日初到惠州〉，卷38，頁2071。
〔註443〕蘇軾：《蘇軾詩集》〈食荔枝二首并引・其二〉，卷40，頁2194。

蘇子浮江來。江風初涼睡正美，樓上啼鴉呼我起。我今身世
兩相違，西流白日東流水。樓中老人日清新，天上豈有癡仙
人。三山咫尺不歸去，一杯付與羅浮春。〔註444〕

合江樓位於惠州城東、西江匯流處。海山蔥曨，江風初涼，禽鳥和鳴，
清幽之地猶如仙境。詩人營造優美仙境，相信海中三神山蓬萊、方丈
應不遠，肯為詩人下凡而來。蘇軾用神仙思想，架構閒適氣氛，寫出
貶謫老人也能適應環境，認為真若在這三神山仙境中，調整好愁緒，
暫且付與佳釀而出的羅浮春美酒，將愁思寄託在仙境中的美好。

　　惠州雖蠻瘴荒遠，卻不失為好山水的人間仙境，蘇軾遍遊了惠州
境內名山古剎，透過山靈水秀的景物，對所處之境興發感懷。如〈遊
白水山佛迹巖〉言：

何人守蓬萊，夜半失左股。浮山若鵬蹲，忽展垂天羽。根株
互連絡，崖嶠爭吞吐。神工自爐韛，融液相綴補。至今餘隙
罅，流出千斛乳。方其欲合時，天匠麾月斧。帝觴分餘瀝，
山骨醉后土。峰巒尚開閻，澗谷猶呼舞。海風吹未凝，古佛
來布武。當時汪罔氏，投足不蓋拇。青蓮雖不見，千古落花
雨。雙溪匯九折，萬馬騰一鼓。奔雷濺玉雪，潭洞開水府。
潛鱗有飢蛟，掉尾取渴虎。我來方醉後，濯足聊戲侮。回風
卷飛電，掠面過強弩。山靈莫惡劇，微命安足賭！此山吾欲
老，慎勿厭求取。溪流變春酒，與我相賓主。當連青竹竿，
下灌黃精圃。〔註445〕

用神靈口吻，暗示道出「山靈莫惡劇，微命安足賭！此山吾欲老，慎
勿厭求取。」朝中權臣競逐，蘇軾發出慎勿相逼慨歎，希望能在惠州
羅浮山安身立命。惠州博羅縣北，相連白水山，吟詠出「何人守蓬萊」、
「潛鱗有飢蛟，掉尾取渴虎。」、「下灌黃精圃」等帶些神仙崇拜的詩
句，點出佛迹巖似仙境之美。

　　在惠州，弟轍及友朋皆勸其要「深戒作詩」〔註446〕，自己也深

〔註444〕蘇軾：《蘇軾詩集》〈寓居合江樓〉，卷38，頁2071～2072。

〔註445〕蘇軾：《蘇軾詩集》〈白水山佛迹巖〉，卷38，頁2079～2080。

〔註446〕蘇軾：《蘇軾文集》〈與程正輔七十一首‧十六〉，卷54，頁1594。

感真切「云當焚硯棄筆，不但作而不出也。不忍違其憂愛之意，故遂不作一字。」〔註447〕提醒叮嚀話語，依舊擋不住，愛寫文章的詩人。雖然救國心切，熱情被澆滅，轉以神仙信仰的依偎，擺脫現實醜惡，神仙力量的無極限，完全超脫束縛，或乘龍駕雲，直上青天，遨遊峻嶺；或潛入江海，變形化作蛟龍；或食元氣、茹靈芝等變幻莫測的仙術，就是擁有絕對自由。

　　蘇軾現實中的一舉一動，不就如籠鳥檻猿被注視，身不由己。然神仙世界的登遐飛天，來去自如的身影，最為詩人所渴望。程正輔過訪博羅，詩言：

> 贈行無物惟一語，莫遣瘴霧侵雲鬢。羅浮道人一傾蓋，欲繫
> 白日留君顏。應知我是香案吏，他年許綴蓬萊班。〔註448〕

言及自己孤臣南遊，辛得邑長探望，置酒言歡，可當酒中仙，然酒醒夢斷，現實依舊空青山的窘況。拾起失意情緒，臨別無物贈予，只有一語就是莫讓嶺南瘴霧侵擾身體。再論到羅浮道士鄧守安，知程正輔來訪，談及惠州建橋一事。或許他日，請鄧道士將他列入蓬萊仙班譜系的名冊裡。

　　其他吟詠詩作，尚有〈同正輔表兄遊白水山〉云：

> 浮來山高回望失，武陵路絕無人送。筠籃擷翠爪甲香，素綆
> 分碧銀瓶凍。歸路霏霏湯谷暗，野堂活活神泉湧。解衣浴此
> 無垢人，身輕可試雲間鳳。〔註449〕

〈次韻正輔同遊白水山〉云：

> 千年枸杞常夜吠，無數草棘工藏遮。但令凡心一洗濯，神人
> 仙藥不我遐。山中歸來萬想滅，豈復回顧雙雲鴉。〔註450〕

這些都是與程正輔同遊名山勝景詩作，從遊歷中抒發牢騷；借山水美景，寄託心志；借神仙吟詠之法，托喻神物，只要煉成仙道，即可

〔註447〕蘇軾：《蘇軾文集》，卷54，頁1594。
〔註448〕蘇軾：《蘇軾詩集》〈追餞正輔表兄至博羅，賦詩為別，再用前韻〉，卷39，頁2111。
〔註449〕蘇軾：《蘇軾詩集》〈同正輔表兄遊白水山〉，卷39，頁2148。
〔註450〕蘇軾：《蘇軾詩集》〈次韻正輔同遊白水山〉，卷39，頁2150。

「身輕可試雲間鳳」、「神人仙藥不我遐」，這些成仙理想是可達成實現的。

蘇軾經歷大徹大悟後，決然省思，為了抵制抗衡人生複雜情況，以「飽喫惠州飯，細和淵明詩。」〔註451〕坦然以對。通過和陶詩裡神仙思想的運思，與殘酷現實抗爭，擺開塵世束縛，渴望精神層次自由，對永恆追求，悠遊在陶式理想的國度，蒼茫獨立於天地，這樣真實樸拙的樂天知命，深深地影響著蘇軾。

〈和陶讀《山海經》〉組詩，引言明確說著：「淵明讀《山海經》十三首，其七皆仙語，余讀《抱朴子》有所感，用其韻賦之。」〔註452〕惠州羅浮山是葛洪修煉成道之所，他重視養性成仙之道，認為仙人是：「以藥物養身，以術數延命，使內疾不生，外患不入，雖久視不死，而舊身不改，苟有其道，無以為難也。」〔註453〕長生要訣在「修至道，訣在於志，不在於富貴也。」〔註454〕蘇軾在惠州，心靈抑鬱，求助神仙說以紓困。書寫筆法意境，利用神仙可學和具體修仙方法，使神仙信仰得以發展形成。和陶詩作有托喻神物的作品，如：

> 稚川雖獨善，愛物均孔、顏。欲使蟪蛄流，知有龜鶴年。辛勤破封蟄，苦語劇移山。博哉無窮利，千載食此言。〔註455〕

> 亂離棄弱女，破冢割恩憐。寧知效龜息，三歲號窮山。長生定可學，當信仲弓言。支牀竟不死，抱一無窮年。〔註456〕

龜鶴神靈，都是長壽象徵，足見長生是可學的，只要方法得宜，效仿龜息吐納，辟穀行氣，守一守靜，讓身心守道，即能煉成長生久視。

〔註451〕（宋）黃庭堅撰：《豫章黃先生文集》《四部叢刊初編集部》（上海：上海商務印書館縮印嘉興沈氏藏宋本），卷7，頁61。

〔註452〕蘇軾：《蘇軾詩集》〈和陶讀《山海經》并引〉，卷39，頁2130。

〔註453〕（晉）葛洪撰：《抱朴子內篇·論仙》（臺北：臺灣商務印書館股份有限公司，1968年3月），卷2，頁16。

〔註454〕（晉）葛洪撰：《抱朴子內篇·論仙》，卷2，頁21。

〔註455〕蘇軾：《蘇軾詩集》〈和陶讀《山海經》并引·其二〉，卷39，頁2130～2131。

〔註456〕蘇軾：《蘇軾詩集》〈和陶讀《山海經》并引·其五〉，卷39，頁2132。

有修養存真的和陶詩作，如：

　　豈伊臭濁中，爭此頃刻光。安知青藜火，丈人非中黃。〔註457〕

　　口耳固多偽，識真要在心。〔註458〕

　　黃花冒甘谷，靈根固深長。廖井窖丹砂，紅泉湧尋常。二女
　　戲口鼻，松膏以為糧。聞此不能寐，起坐夜未央。〔註459〕

　　學道未有得，自欺詎不爾。稚川亦隘人，疏錄此庸子。〔註460〕

學道終極目的，遠離世間是非。強調的是安身養氣。只要煉到元氣飽
足，精、氣、神三元匯通灌頂，百脈調和，行神並重，與天地之道合
一，方得成仙。

　　有煉丹以長生的和陶詩作，如：

　　金丹不可成，安期渺雲海。誰謂黃門妻，至道乃近在。尸解
　　竟不傳，化去空餘悔。丹成亦安用，御氣本無待。〔註461〕

靜慮存思，守神持一，修煉得真。掌握通匯之紐，與道合一。駕馭陰
陽風雨、晦明六氣之變，翱翔於無窮無垠的天地。使身、心、靈融會
貫通，便可臻於仙道。

　　最終，有步履追隨仙人和陶詩作，如：

　　東坡信畸人，涉世真散材。仇池有歸路，羅浮豈徒來。踐蛇
　　及茹蠱，心空了無猜。攜手葛與陶，歸哉復歸哉。〔註462〕

陶淵明為其遷謫嶺南二友之一。蘇軾來到惠州羅浮，是葛洪修煉成道
處所，因此願意追隨仙人事蹟，期勉自己困厄之境，要修煉再三才能
擺脫煩惱。神仙之思，助其掙脫憂慮，是蘇軾處困阨低潮時，求仙學
道成為試煉的終極目標。

────────────

〔註457〕蘇軾：《蘇軾詩集》〈和陶讀《山海經》并引·其四〉，卷39，頁2131
　　　　～2132。

〔註458〕蘇軾：《蘇軾詩集》〈和陶讀《山海經》并引·其七〉，卷39，頁2133。

〔註459〕蘇軾：《蘇軾詩集》〈和陶讀《山海經》并引·其八〉，卷39，頁2133
　　　　～2134。

〔註460〕蘇軾：《蘇軾詩集》〈和陶讀《山海經》并引·其十二〉，卷39，頁2136。

〔註461〕蘇軾：《蘇軾詩集》〈和陶讀《山海經》并引·其十〉，卷39，頁2135。

〔註462〕蘇軾：〈和陶讀《山海經》并引·其十三〉，卷39，頁2136。

惠州和陶詩，尚有〈和陶移居二首并引〉其二云：

> 古觀廢已久，白鶴歸何時。我豈丁令威，千歲復還茲。江山
> 朝福地，古人不我欺。〔註463〕

移居惠州，心境轉折，隨遇而安，自適曠達，最佳自我調整，朝此江山福地，做所謂的安居，於此中息。

〈和陶桃花源〉詩云：

> 凡聖無異居，清濁共此世。心閒偶自見，念起忽已逝。欲知
> 真一處，要使六用廢。桃源信不遠，杖藜可小憩。躬耕任地
> 力，絕學抱天藝。臂雞有時鳴，尻駕無可稅。苓龜亦晨吸，
> 杞狗或夜吠。耘樵得甘芳，齕齧謝炮製。子驥雖形隔，淵明
> 已心詣。高山不難越，淺水何足厲。不如我仇池，高舉復幾
> 歲。從來一生死，近又等癡慧。蒲澗安期境，羅浮稚川界。
> 夢往從之遊，神交發吾蔽。桃花滿庭下，流水在戶外。却笑
> 逃秦人，有畏非真契。〔註464〕

學陶和陶，始終是蘇軾依歸嚮往。陶淵明〈桃花源記〉特別安排，不想讓外人干擾寧靜，即使是有志者劉子驥規往，亦未果。蘇軾引用《莊子》生死、癡慧之說，呼應首言「凡聖無異居，清濁共此世。」無論是聖愚、仙凡，都是一致的。陶淵明的桃花源是烏托邦式，而蘇軾的桃花源真有此其境。仙境就在蒲澗、羅浮，猶如仙境般地淳美。心情瀟灑，可以「却笑逃秦人，有畏非真契。」從學道求仙中，遐想自己真正到了「安期境」、「稚川界」。有神仙信仰加持，心靈真正有依偎。蘇軾認為真正桃花源，就在己身內心，不必實指其境。

蘇軾惠州和陶詩，真能句句曠達、不思歸否？詩人仍有牢騷語，不平之怨。如〈和陶歲暮作和張常侍并引〉云：

> 我生有天祿，玄膚流玉泉。何事陶彭澤，乏酒每形言。仙人
> 與道士，自養豈在繁。但使荊棘除，不憂梨棗愆。我年六十
> 一，頹景薄西山。歲暮似有得，稍覺散亡還。有如千丈松，

〔註463〕蘇軾：《蘇軾詩集》〈和陶移居二首并引·其二〉，卷40，頁2192。
〔註464〕蘇軾：《蘇軾詩集》〈和陶桃花源并引〉，卷40，頁2197～2198。

常苦弱蔓纏。養我歲寒枝，會有解脫年。〔註465〕

此詩是蘇軾煉丹養生最直接的資料，嘆有日薄西山之慨，弱蔓纏身之苦。將自己和淵明對照，蘇軾先天舌下，津液充足，有喝酒的命；然淵明總是乏酒之窘。相形之下，是比陶淵明幸運。仙人、道士養生，豈在繁盛，去除內心荊棘，不受牽絆。修煉成仙無他，務使心思澄靜清明，持一守一，自臻與道合一。同時，也反應年邁蘇軾，正被隱疾所苦，如同弱蔓纏繞，百藥無效。此刻，應證了向仙人道士學習養生的重要。

學陶、和陶，讓詩人精神上有支拄。嶺南時期的學道求仙，讓他遠離塵囂，少些活力，多些心靈創作。尚友古人，自我沉澱。惠州和陶詩的創作，對比陶淵明，跳脫現實，轉以淡泊質樸詩風。然蘇軾在惠州，是人生最黯淡，他必須承受現實的摧殘。當他返樸歸真，就是一種化被動為主動的精神。

在惠州，除了大量和陶詩的創作，尚與鄧守安道士、海上道人、吳子野道士等道僧交遊往來。這些道士都是隱居鄉野，不問世事。體認個人小我之生命，透過修煉方式，融入宇宙人我，相互交融互攝。並通過個人主動修煉，讓個體生命得以延年。這樣自我修煉，與日月同輝，甚至登遐昇天。神仙是可學的，因為我命操之在我。

蘇軾與道士學道養生，保氣長存。如海上道人以神守氣訣傳授之，云：「但向起時作，還於作處收。」〔註466〕學胎息法，以鼻引氣閉之，用口微微吐氣，不讓耳朵聽聞到氣的吐納聲。以鴻毛放鼻口上，吐氣而鴻毛不動。《雲笈七籤·胎息精微論》，論及胎息要旨，云：

身不衰老，內食太和元氣為首。清淨自鍊，委身放體，志無念慮，安定臟腑，洞極太和，長生久視，潛氣不動，意如流水前波已去，而後波續處不返也，行之不休，得道真矣。〔註467〕

〔註465〕蘇軾：《蘇軾詩集》〈和陶歲暮作和張常侍并引〉，卷40，頁2217。
〔註466〕蘇軾：〈海上道人傳以神守氣訣〉，卷40，頁2209。
〔註467〕（宋）張君房輯：《雲笈七籤·胎息精微論》（北京：齊魯書社，1988年9月），卷58，頁323。

胎息指的是自身內氣。運行內氣，做到「志無念慮，安定臟腑，洞極太和，長生久視，潛氣不動」的境界，能安神靜慮，不受外物打擾煩憂，內含元和，讓己身通體順暢，便能得道。

蘇軾向吳復古學辟穀絕粒養生法。辟穀即是不食五穀之意。人體中有三蟲（三屍）為害。人體內斷其欲望禍端，不貪不慾即可泯滅惡源。因此，當元氣充足，安神靜慮後，摒除雜思，常守淡泊，煉就不食穀，自然饑餓感消除，產生辟穀現象，達到長生益壽。

蘇軾與吳復古交情深遠。吳復古遠從桂州造訪蘇軾，勸蘇軾早日向道，拋開一切，通往神仙之徑。他利用辟穀絕粒不睡的養生法，連芝上道人曇秀、陸惟忠道士皆和韻，蘇軾也次其韻，云：

> 聊為不死五通仙，終了無生一大緣。獨鶴有聲知半夜，老蠶不食已三眠。憐君解比人間夢，許我時逃醉後禪。會與江山成故事，不妨詩酒樂新年。〔註468〕

神仙就是五通仙，神仙是長生不死的。吳復古勸蘇軾看開世事，因為功名富貴皆逆旅，懂得放下「不妨詩酒樂新年」淡泊寡欲。過訪老友時，酌飲他親手釀製的真一酒，酒只是米、麥、水的成分，簡單材料釀製成酒，猶如瓊漿玉液，香醇入口。對吳復古的景仰，則裨益於學道求仙。

在惠州，融入風土民情，已長作嶺南人的打算。以神仙思想的醞釀，稍適應環境，紹聖三年（1096）落居白鶴新居，又遷嘉祐寺，道出「吾生本無待，俯仰了此世。」〔註469〕心志調和得宜。惠州的蘇軾，已年邁多病，然曠達態度，輕鬆寫出：「白頭蕭散滿霜風，小閣藤牀寄病容。報導先生春睡美，道人輕打五更鐘。」〔註470〕佐以神仙信仰，參以煉丹行氣，支拄在晦瘴蠻荒。孰料政敵豈肯罷休，聞此詩怒之。宋曾季貍《艇齋詩話》云：

〔註468〕蘇軾：《蘇軾詩集》〈吳子野絕粒不睡，過作詩戲之，芝上人、陸道士皆和，予亦次其韻〉，卷40，頁2213～2214。
〔註469〕蘇軾：《蘇軾詩集》〈遷居并引〉，卷40，頁2196。
〔註470〕蘇軾：《蘇軾詩集》〈縱筆〉，卷40，頁2203。

東坡《海外上梁文口號》云：「為報先生春睡美，道人輕打
五更鐘。」章子厚見之，遂再貶儋耳，以為安穩，故再遷
也。〔註471〕

章子厚見此詩，不滿「春睡美」，以為安穩，於是再貶海南儋耳。施宿
《東坡先生年譜》云：

閏二月，再責授瓊州別駕昌化軍安置。夏四月，發惠州。子
由時貶雷州，相遇於藤，同行至雷。六月，別子由渡海。七
月，至昌化。〔註472〕

兄弟倆仕途坎坷，分別再貶。弟轍貶化州別駕，安置雷州；蘇軾移昌
化軍安置。聽聞子由在藤州，相約聚首，同行至雷。詩云：

九疑聯綿屬衡湘，蒼梧獨在天一方。孤城吹角煙樹裏，落日未
落江蒼茫。幽人拊枕坐歎息，我行忽至舜所藏。江邊父老能
說子，白鬚紅頰如君長。莫嫌瓊雷隔雲海，聖恩尚許遙相望。
平生學道真實意，豈與窮達俱存亡。天其以我為箕子，要使
此意留要荒。他年誰作輿地志，海南萬里真吾鄉。〔註473〕

此首在梧州寫給蘇轍，傳達蘇軾的豁達觀。先以南行足跡開始，從連
綿的九疑山 路行來，到了遙遠的蒼梧。路途艱辛，眼前盡是孤城，
漫漫江水。幽獨的詩人，拊枕歎息，竟到達舜帝長眠之地。江邊父老
竟能說出蘇轍白鬚紅頰的容貌。在此，反過來安慰蘇轍，莫嫌瓊州、
雷州之遙，只是一海之隔。聖上恩典讓我倆兄弟遙遙相望。這些外在
的顯達或窮厄，不足以影響內在存思涵養，不會因橫逆阻斷。再謫儋
州，天意使然。以曠達胸懷看待海南行，道出「海南萬里真吾鄉」隨
遇而安、豁達磊落。王文誥案語：「此一路詩，所謂不見老人衰憊之

〔註471〕（宋）曾季貍著，丁福保訂：《艇齋詩話》《歷代詩話續編》（臺北：
藝文印書館），頁18。

〔註472〕（宋）施宿編撰，四川大學中文系唐宋文學研究室編：《東坡先生年
譜》《蘇軾資料彙編·下編》（北京：中華書局，2004年1月），頁
1705。

〔註473〕蘇軾：《蘇軾詩集》〈吾謫海南，子由雷州，被命即行，了不相知，
至梧乃聞其尚在藤也，旦夕當追及，作此詩示之〉，卷41，頁2243
～2245。

氣，諸門人已言之矣。」〔註474〕

（三）儋州

哲宗紹聖四年（1097）七月到哲宗元符三年（1100）五月。儋州時期神仙吟詠詩的創作，有二十四首。

紹聖四年（1097）六月，將渡海，云：「自徐聞渡海，適朱崖，南望連山，若有若無，杳杳一髮耳。艤舟將濟，眩栗喪魄。」〔註475〕懷忐忑之心到南荒。

從惠州出發至儋州，途中賦首〈行瓊、儋間，肩輿坐睡。夢中得句云：千山動鱗甲，萬谷酣笙鐘。覺而遇清風急雨，戲作此數句〉，詩云：

> 四州環一島，百洞蟠其中。我行西北隅，如度月半弓。登高望中原，但見積水空。此生當安歸，四顧真途窮。眇觀大瀛海，坐詠談天翁。茫茫太倉中，一米誰雌雄。幽懷忽破散，永嘯來天風。千山動鱗甲，萬谷酣笙鐘。安知非羣仙，鈞天宴未終。喜我歸有期，舉酒屬青童。急雨豈無意，催詩走羣龍。夢雲忽變色，笑電亦改容。應怪東坡老，顏衰語徒工。久矣此妙聲，不聞蓬萊宮。〔註476〕

此乃登島後第一首詩。以莊學看待眼前景致之荒涼。放眼眇觀瀛海，反襯己之微渺。坐嘆鄒衍論說宇宙之大，中國之外，還有大海縈繞，一如莊子〈秋水〉篇云：「計中國之在海內，不似稊米之在太倉乎。」〔註477〕不必芥蒂俗務纏身，放下是非，所有不悅皆除。呼應詩中「茫茫太倉中，一米誰雌雄。」悟得人生恰似蒼穹一粟米，在訛詐爭鬥中，蝸角虛名，誰強誰弱，毋須論斷，懂得全身竟退。

〔註474〕蘇軾：《蘇軾詩集》，卷41，頁2245。

〔註475〕蘇軾：《蘇軾文集》〈伏波將軍廟碑〉，卷17，頁506。

〔註476〕蘇軾：《蘇軾詩集》〈行瓊、儋間，肩輿坐睡。夢中得句云：千山動鱗甲，萬谷酣笙鐘。覺而遇清風急雨，戲作此數句〉，卷41，頁2246～2248。

〔註477〕（清）郭慶藩編，王孝魚整理：《莊子集釋》〈秋水第十七〉（臺北：木鐸出版社，1988年元月），卷6下，頁563～564。

　　踏上海南島，荒僻瘠涼。但思緒一轉，用神仙歡樂為佈局，進一步作神仙世界之思。荒島之遠，難道不就在九重天外！天風不斷咏嘯，羣山像鱗甲般地翻動，地谷呼嘯的風，像笙鐘奏響。享受人間仙境般，幽懷愁思皆盡空。蘇軾揣想，天界羣仙進行宴饗，為我能北歸而歡喜，請青童仙子為我囑酒慶賀。連雨神亦急下驟雨催我作詩，羣龍飛舞相道賀。灑下的雨水，使雲朵夢幻變色，閃電亦改容顏。這樣描述風雲詭譎，瞬間變幻猶如一場自然之旅，反而沉澱抑鬱之鳴。天上羣仙都驚訝東坡容顏衰老，卻連連驚呼詩作之美，因為在蓬萊仙宮，許久未聽聞動人詩篇。本詩假以吟詠神仙的歡樂自由，療癒貶謫苦悶，昇華與仙同列，不致被怨圍束縛。

　　蘇軾多年學道成仙的經驗，使其日思夜夢，夢中得句寫出：「千山動鱗甲，萬谷酣笙鐘。」的聯想創意，融入歡樂仙境，開展「安知非羣仙，鈞天宴未終。」的想像。人生閱歷之深，轉用自我解嘲，解脫世俗桎梏，曠達瀟灑不言而喻，呈現繁華落盡見真淳的化境。

　　寫給弟轍子由詩作，同樣以神仙吟詠手法，寫出兄弟倆仕宦遭遇，深具神仙與佛禪哲理。詩云：

> 我少即多難，邅回一生中。百年不易滿，寸寸彎強弓。老矣
> 復何言，榮辱今兩空。泥洹尚一路，所向餘皆窮。似聞崆峒
> 西，仇池迎此翁。胡為適南海，復駕垂天雄。下視九萬里，
> 浩浩皆積風。回望古合州，屬此琉璃鐘。離別何足道，我生
> 豈有終。渡海十年歸，方鏡照兩童。還鄉亦何有，暫假壺公
> 龍。峨眉向我笑，錦水為君容。天人巧相勝，不獨數子工。
> 指點昔遊處，蒿萊生故宮。〔註478〕

想想兄弟一離別，不禁問道何時終了這樣的離情？用神仙意象手法，希望能像漢高祖擁有方鏡，能洞澈人的五臟，有病即照見出來。〔註479〕也希望能像費長房遇見謝元壺公，俱入壺中，隨入深山。後來返歸，

〔註478〕蘇軾：《蘇軾詩集》〈次前韻寄子由〉，卷 41，頁 2248～2249。
〔註479〕蘇軾：《蘇軾詩集》，卷 41，頁 2249。

乘杖，以杖投陂，回頭看居然是龍。〔註480〕蘇軾以神話故事典故，暗示兄弟倆乖舛的仕途與顛簸人生。

又聽聞弟轍消瘦，借詩調侃云：「海康別駕復何為，帽寬帶落驚僮僕。相看會作兩臞仙，還鄉定可騎黃鵠。」〔註481〕當時蘇轍責授雷州別駕，黨禍引發元祐更新參與者，均遭貶謫，蘇轍也不例外。到雷州舟車勞頓，連帽子戴得鬆落，僮僕驚訝。蘇軾用調侃口吻戲弄他，就像清瘦仙人，他日還鄉時，定可駕乘黃鵠，輕盈昇天。以上詩作，視出蘇軾、蘇轍兩兄弟，即便相隔瓊州、雷州一海之隔，心繫彼此，緊密手足情。

儋州和陶詩，學陶之真樸，淡泊自然；和陶框架，抒情明志。書寫桑榆晚景的情境。艱困環境，淵明精神成為最大的支柱，能超脫、能面對的勇氣，除了委命外，安時處順地生活在這荒僻的海南。和陶詩反映蘇軾內心依託，暗黑現實逼得詩人不得不尋訪淨土。

儋州和陶詩，俱神仙吟詠的詩，有〈和陶連雨獨飲二首并引〉其二詩云：

> 阿堵不解醉，誰歟此頹然。誤入無功鄉，掉臂嵇阮間。飲中
> 八仙人，與我俱得仙。淵明豈知道，醉語忽談天。偶見此物
> 真，遂超天地先。醉醒可還酒，此覺無所還。清風洗徂暑，
> 連雨催豐年。牀頭伯雅君，此子可與言。〔註482〕

酒是詩人最佳解愁劑，蘇軾酒量不佳，卻頗好杯中物。誤入無功的醉鄉中，欲和阮籍、嵇康攘臂而行，和李白等酒中八仙齊列成仙。然淵明豈知道，在醉語中忽然談到天，流露本真面目。淵明是任真忘天，超乎天地，回歸於自然之道的本體。醉醒後，依舊能明察事物的真正本性，洞悉道之初始。

又〈和陶擬古九首〉其四，詩云：

〔註480〕蘇軾：《蘇軾詩集》，卷41，頁2248～2249。
〔註481〕蘇軾：《蘇軾詩集》〈聞子由瘦〉，卷41，頁2258。
〔註482〕蘇軾：《蘇軾詩集》〈和陶連雨獨飲二首并引·其二〉，卷41，頁2253。

> 稍喜海南州，自古無戰場。奇峰望黎母，何異嵩與邙。飛泉
> 瀉萬仞，舞鶴雙低昂。……〔註483〕

謫居儋州，地處荒遠，遠離戰場。「黎母」一詞，富神話色彩，傳說以
前雷公抓到一個蛇卵，在山中產下一女，有交趾蠻過海采香，與之野
合，其後子孫緜緜，是為黎人之祖，故曰「黎母」〔註484〕。海南黎母
山與西京河南府古跡的嵩山、北邙山無異。眺望山中萬仞高的飛泉，
就像舞鶴雙雙低昂，「低昂各有意」〔註485〕呈現出不同風貌。詩意中
參入神話色彩，點染儋州山水具有仙境靈秀之美。

〈和陶雜詩十一首〉其六，詩云：

> 博大古真人，老聃、關尹喜。獨立萬物表，長生乃餘事。稚
> 川差可近，偽有接物意。我頃登羅浮，物色恐相值。徘徊朱
> 明洞，沙水自清馹。滿把菖蒲根，歎息復棄置。〔註486〕

效仿老聃、關尹，古之博大真人。老子認為得道，乃獨立於萬物之外，
「深根固柢，長生久視之道。」〔註487〕葛洪成仙之道，也是慎於接
物。葛洪認為要長生，不必法龜鶴，〈對俗〉篇言：「仙經長生之道，
有數百事，但有遲速煩要耳，不必皆法龜鶴也。上士用思遐邈，自然
元暢，難以愚俗之近情，而推神仙之遠旨。」〔註488〕求神仙，當得其
至要。〈釋滯〉篇講：「欲求神仙，唯當得其至要，至要者在於寶精行
炁，服一大藥便足，亦不用多也。」〔註489〕煉就長生之本，須寶精行
炁，〈至理〉篇云：「服藥雖為長生之本，若能兼行氣者，其益甚速，

〔註483〕蘇軾：《蘇軾詩集》〈和陶擬古九首·其四〉，卷41，頁2262。

〔註484〕蘇軾：《蘇軾詩集》，卷41，頁2262。

〔註485〕蘇軾：《蘇軾詩集》，卷41，頁2262。

〔註486〕蘇軾：《蘇軾詩集》〈和陶雜詩十一首·其六〉，卷41，頁2275。

〔註487〕陳鼓應註譯：《老子今註今譯》〈五十九章〉（臺北：臺灣商務印書館
　　　　股份有限公司，1997年1月），頁270。

〔註488〕（晉）葛洪撰：《抱朴子內篇·對俗》（臺北：臺灣商務印書館股份
　　　　有限公司，1968年3月），卷3，頁40。

〔註489〕（晉）葛洪撰：《抱朴子內篇·釋滯》（臺北：臺灣商務印書館股份
　　　　有限公司，1968年3月），卷8，頁135。

若不能得藥，但行氣而盡其理者，亦得數百歲。」〔註490〕這些都是葛洪修道成仙的理論。羅浮仙山，是葛洪修道之處，為蘇軾所景仰，唯學道求仙，才能使老邁詩人適應儋州。

〈和陶雜詩十一首〉其七，詩云：

> 藍喬近得道，常苦世褊迫。西遊王屋山，不踐長安陌。爾來寧復見，鳥道度太白。昔與吳遠遊，同藏一瓢窄。潮陽隔雲海，歲晚尚見客。伐薪供養火，看作棲鳳宅。〔註491〕

此詩是蘇軾如何向吳子野道士學煉丹養生。學唐藥王孫思邈七返丹砂法的方式，用六一泥固臍訖，以文火漸養，燒至六七日，即武火，一日成。如此七轉堪服。〔註492〕吳子野曾向藍喬學道。二人曾於京師相遇，大暑，同登汴橋買瓜，此時藍喬說：「『塵埃汙吾瓜，當於水中啖爾』，於是擲瓜於河，至夜未出。後吳子野到其官邸等候，然藍喬已酣寢，才知藍喬已得道升天，告訴人家說：『吾羅浮仙人也，由此升天矣。』一日，乘雲飛昇至仙界，仙宮笙簫聲不絕於耳，猶吟唱李白詩：『下窺夫子不可及，矯首相思空斷腸。』」〔註493〕以吳子野學道的經驗，蘇軾不也冀望終朝一日，得仙人指引，登遐飛昇成仙。

〈和陶雜詩十一首〉其八，詩云：

> 南榮晚聞道，未肯化庚桑。陶頑鑄強獷，枉費塵與糠。越子古成之，韓生教休糧。參同得靈鑰，九鎖啟伯陽。鵝城見諸孫，貧苦我為傷。空餘焦先室，不傳元化方。遺像似李白，一奠臨江觴。〔註494〕

引《神仙傳》魏伯陽得神丹玄奧之理，悟道闡幽，寫了《參同契》三卷。又受《隱丹經》所言：「金匱九籥，有九轉丹法。」〔註495〕影響。

〔註490〕（晉）葛洪撰：《抱朴子內篇‧至理》（臺北：臺灣商務印書館股份有限公司，1968年3月），卷5，頁287。

〔註491〕蘇軾：《蘇軾詩集》〈和陶雜詩十一首‧其七〉，卷41，頁2276。

〔註492〕蘇軾：《蘇軾詩集》，卷41，頁2276。

〔註493〕蘇軾：《蘇軾詩集》，卷41，頁2276。

〔註494〕蘇軾：《蘇軾詩集》〈和陶雜詩十一首‧其八〉，卷41，頁2276～2277。

〔註495〕蘇軾：《蘇軾詩集》，卷41，頁2277。

在鵝城居然能遇見古成之的後代諸孫。古成之早年曾在羅浮山埋名隱居，力學勤讀，常著草履布衣，入山採藥，替人醫病。如今老詩人體弱年邁，到物資匱乏的儋州，貧苦交纏，希望有本華陀書，得以醫治。而非像當初華陀臨死前，出一卷書，交給獄吏，言此書必能救活許多人，因獄吏懼法不敢受，華陀索性火燒殆盡。〔註496〕蘇軾希望能煉成《參同契》中煉丹法，抒發在海島的抑鬱，也不再為貧苦所傷。

蘇軾欣賞陶淵明的任真自得，曠達率真，喜愛其人其詩。陶淵明熱愛生活、生命，委運乘化，樂天知命的思想，在在影響著流離中的蘇軾。

〈和陶神釋〉云：

> 知君非金石，安得長託附。莫從老君言，亦莫用佛語。仙山與佛國，終恐無是處。甚欲隨陶翁，移家酒中住。醉醒要有盡，未易逃諸數。……〔註497〕

人生如寄，壽命有限。不必遵從老君話語，也不用佛家偈語。仙山佛國都一樣，恐終無用處，發出如此感嘆語意。學陶翁的灑脫，造飲輒盡，託意杯中物。醉醒間的拿捏，毋須強求，物我無盡，寄情風月，到達自我解脫的意境。

在儋州，元符三年（1100）清明時節，聽聞蘇過誦書，聲律優美。感念少時，緬懷先君遺意，賦詩〈和陶郭主簿二首〉，其二詩云：

> 雀轂含淳音，竹萌抱靜節。誦我先君詩，肝肺為澄澈。猶如鳴鶴和，未作獲麟絕。願因騎鯨李，追此御風列。丈夫貴出世，功名豈人傑。家書三萬卷，獨取《服食訣》。地行即空飛，何必挾日月。〔註498〕

此首寓意明顯，願自比謫仙李白「乘鉅鱗，騎鯨魚」〔註499〕御風遊

〔註496〕蘇軾：《蘇軾詩集》，卷41，頁2277。

〔註497〕蘇軾：《蘇軾詩集》〈和陶神釋〉，卷42，頁2307。

〔註498〕蘇軾：〈和陶郭主簿二首并引・其二〉，卷43，頁2351～2352。

〔註499〕（南朝梁）昭明太子蕭統撰，（唐）李善、呂延濟、劉良、張銑、李周翰、呂向註：《增補六臣註文選・揚雄〈羽獵賦〉》（臺北：華正書局，1981年5月），卷8，頁169。

仙，隱遁而去。大丈夫得道則顯，反之隱居保身。在儋州，過著清風明月為伍，家書三萬卷，獨取道書《服食要訣》，修煉之方，地行空飛，煉就《黃庭經·上有章第二》云：「出日入月呼吸存」〔註500〕常存日月於兩日，使光與身共合。運用煉丹方術的服氣法（即吐納、食氣），吸收天地之氣。所謂天地之氣，即道教所謂的日精月華。《雲笈七籤·食氣法》云：

> 養生之家，有食炁之道。夫根植華長之類，蚑行蠕動之屬，莫不仰炁以然。何為能使人飽乎？但食之有法，道家秘之，須其人乃傳，俗人無緣得之知。苟得其道，所甚易也。非唯絕穀，抑亦辟百毒，却千邪，百姓日用而不知。《仙經》云：食炁法，從夜半至日中六時為生炁，從日中至夜半六時為死氣，唯食生而吐死，所謂真人服六炁也。〔註501〕

又《服氣精義論》云：

> 黃帝曰：食穀者知而夭，食氣者神而壽，不食者不死。真人曰：夫可久於其道者，養生也；常可與久遊者，納氣也。氣全則生存，然後能養志，養志則合真，然後能久登，生氣之域，可不勤之哉！是知吸引晨霞，餐漱風露，養精源於五臟，導榮衛於百關，既祛疾以安形，復延和而享壽。〔註502〕

「食氣者神而壽」、「養生之家，有食炁之道」，故養生、納氣，進而氣全養志。蘇軾用以神仙煉丹術，讓自己可以吸晨霞，餐風露，養精源於五臟，擺脫海島蒸溽暑氣，祛疾安神，而達養生長命延壽目地。

元符三年（1100），「五月大赦，量移廉州安置。」〔註503〕〈和陶始經曲阿〉為和陶詩的最後一首，聞赦而作。詩云：

〔註500〕（唐）白履忠（梁丘子），（明）李一元秘著者：《黃庭經秘註二種》〈上有章第二〉，（臺北：自由出版社，1976年8月），卷上，頁26。

〔註501〕（宋）張君房輯：《雲笈七籤·食氣法》（北京：齊魯書社，1988年9月），卷36，頁202。

〔註502〕（宋）張君房輯：《雲笈七籤·服氣精義論》（北京：齊魯書社，1988年9月），卷57，頁315。

〔註503〕（宋）王宗稷編，四川大學中文系唐宋文學研究室編：《東坡先生年譜》《蘇軾資料彙編·下編》（北京：中華書局，2004年1月），頁1738。

> 虞人非其招，欲往畏簡書。穆生責醴酒，先見我不如。江左
> 古弱國，強臣擅天衢。淵明墮詩酒，遂與功名疎。我生值良
> 時，朱金義當紆。天命適如此，幸收廢棄餘。獨有愧此翁，
> 大名難久居。不思犧牛龜，兼取熊掌魚。北郊有大賚，南冠
> 解囚拘。眷言羅浮下，白鶴返故廬。〔註504〕

蘇軾說自己就像山林苑囿的管理者，沒有受國君應有召喚的皮冠，又不敢抗命。而陶淵明反對當時魏晉，易君禪代的政治亂象及社會腐朽的結果。他堅持回歸自然，返璞歸真。以詩酒自娛，功名疏遠。蘇軾比較幸運的是朝廷讓他恢復官職，重拾紆朱懷金身分。天命聖恩如此，仍重用他，收回貶謫海南荒島的詔命。哲宗崩殂，蒙新恩開赦，藉郊賚為辭，替「南冠解囚拘」。蘇軾歡欣地能再回惠州白鶴新居，續以白鶴神靈的意象，表達北返喜悅之情。

和陶詩的確為蘇軾帶來一線希望。「蘇軾之所以要和陶，正是為了追求在精神上跟陶淵明的崇道思想合拍。因而，蘇軾的和陶詩，實質上就是蘇軾的崇道詩。」〔註505〕和陶詩的神仙吟詠，有仰慕仙人的悠然自適；有營造仙境的清明幽靜；有托喻神物神奇傳說；有修養存真的心凝靜篤，這些方式是蘇軾調合內心鬱悶，遠禍是非，爭取白由心靈。

「細和淵明詩」〔註506〕成為嶺南、海南生活重心。陶淵明對蘇軾影響，是精神上的寄託，「陶寫伊鬱，正賴此爾。」〔註507〕書寫內心貶謫情思，在淵明精神的平淡裡，舒緩怨懟「人間少宜適，惟有歸

〔註504〕蘇軾：《蘇軾詩集》〈和陶始經曲阿〉，卷43，頁2355～2356。
〔註505〕鍾來因著，《蘇軾與道家道教》（臺北：臺灣學生書局，1990年5月），頁474。
〔註506〕〈跋子瞻和陶詩〉：「子瞻謫嶺南，時宰欲殺之。飽喫惠州飯，細和淵明詩。彭澤千載人，東坡百世士。出處雖不同，風味乃相似。」見（宋）黃庭堅撰：《豫章黃先生文集》〈跋子瞻和陶詩〉，《四部叢刊初編集部》（上海：上海商務印書館縮印嘉興沈氏藏宋本），卷7，頁61。
〔註507〕蘇軾：《蘇軾文集》〈與程全父十二首·十〉，卷55，頁1626。

耘田。我昔墮軒冕，毫釐真市廛。困來臥重裀，憂愧自不眠。如今破茅屋，一夕或三遷。」〔註508〕蘇軾從陶詩哲理，悟得生命真諦；讚嘆淵明真性情，追求一種任真自得、返璞歸真，胸次浩然的自由。

　　海南離汴京，萬里之迢，環境卑濕蒸溽。貶惠貶儋後，懂得釋放負能量，以寬容納百川，從消極化積極。在儋州，崇道、修道，成了生活重心。唯有適應環境，才能絕地逢生。寫了謫居三適，悠然自若，沉澱雜思，闊達自放的好心情。如〈旦起理髮〉詩云：

　　　　安眠海自運，浩浩朝黃宮。日出露未晞，鬱鬱濛霜松。老櫛從
　　　　我久，齒疏含清風。一洗耳目明，習習萬竅通。……〔註509〕

輕鬆寫一早理髮好心情。詩人下筆，引用《莊子・逍遙遊》云：「海運則將徙于南冥。南冥者，天池也。」〔註510〕就像《莊子》的鵬鳥，當海濤波動起風，即飛入南海。詩人寫自己就像鵬鳥，展翅飛到南海來，海風朝著腦頂（黃宮）拂來。初陽乍現，松葉的露水未乾。隨身攜帶髮梳，跟著我許久。梳頭時，連齒梳都有一股清風，使耳目清明，感官舒服通暢。蘇軾重視養生，早起梳頭，讓全身「耳目明」、「萬竅通」，讓心思沉靜、存思專一的工夫，達到滌慮俗念的養生法。

　　又〈謫居三適三首・午窗坐睡〉詩云：

　　　　我生有定數，祿盡空餘壽。枯楊不飛花，膏澤回衰朽。謂我
　　　　此為覺，物至了不受。謂我今方夢，此心初不垢。非夢亦非
　　　　覺，請問希夷叟。〔註511〕

寫生活起居作息，在蒲團上盤兩膝，雙肘擱在竹几。屏氣凝神，使氣充足於體內，調勻氣息，身心兩忘。這是道教徒煉丹養氣，入靜後的呼吸調勻法。當神凝、體適後，即至無何有之鄉。

〔註508〕蘇軾：《蘇軾詩集》〈和陶怨詩示龐鄧〉，卷41，頁2271。
〔註509〕蘇軾：《蘇軾詩集》〈謫居三適三首・旦起理髮〉，卷41，頁2285。
〔註510〕（清）郭慶藩編，王孝魚整理，《莊子集釋》〈逍遙遊第一〉（臺北：木鐸出版社，1988年元月），卷1上，頁2。
〔註511〕蘇軾：《蘇軾詩集》〈謫居三適三首・午窗坐睡〉，卷41，頁2286。

　　詩人反觀自己一生，榮辱皆有定數，壽命有時盡的感慨。一場午窗坐睡，進入睡眠狀態，似醉非醉、似睡非睡的夢境，煉成睡仙陳摶的煉神還虛、煉精化氣、煉氣化神的煉養工夫。非夢非覺的午睡，與煉丹的黃庭內觀，不思雜念；閉息養神，安神靜慮有關。謫居三適，閑然自得之樂，乃昔日官場享受不到的清幽靜明。

　　蘇軾認為神仙既是可學，要長生修道「訣在於志」〔註512〕，且必須「志誠堅果，無所不濟，疑則無功。」〔註513〕勤修不輟才能修煉成道。〈入寺〉詩云：

　　　　我是玉堂仙，謫來海南村。多生宿業盡，一氣中夜存。……
　　〔註514〕

生平大半宿業盡，從修道煉養行氣，夜半存養。即使身分驟變，從翰林玉堂一夕貶為謫臣，也能秉持專一。蘇軾依憑對神仙的信仰踐履，收起平生心，閉息內觀養氣法，得渡過海南瘴癘氣候，及人事摧折，內化思索，呈現與眾殊異的人格特質和人生逸趣。

　　蘇軾追求仙人風骨，如安期生。欣賞其策士氣節，不受重金誘惑。元符三年（1100），寫下〈安期生〉，詩云：

　　　　安期本策士，平日交蒯通。嘗干重瞳子，不見隆準公。應如
　　　　魯仲連，抵掌吐長虹。難堪踞牀洗，寧抱扛鼎雄。事既兩大
　　　　繆，飄然籋遺風。乃知經世士，出世或乘龍。豈比山澤臞，
　　　　忍飢啖柏松。縱使偶不死，正堪為僕僮。茂陵秋風客，望祖
　　　　猶蟻蜂。海上如瓜棗，可聞不可逢。〔註515〕

蘇軾自比安期生有策略、能經世，卻不為所用，祇好偓促乘龍，高翔上臻仙界。假以神靈之物，龍的化身，龍之矯健，來去自如，不受世俗束縛。龍之意象正直，為生民著想，解救人間苦難。在龍的身上，

〔註512〕（晉）葛洪撰：《抱朴子內篇》〈論仙〉（臺北：臺灣商務印書館股份有限公司，1968年3月），卷2，頁21。

〔註513〕（晉）葛洪撰：《抱朴子內篇》〈微旨〉（臺北：臺灣商務印書館股份有限公司，1968年3月），卷6，頁104。

〔註514〕蘇軾：《蘇軾詩集》〈入寺〉，卷41，頁2283。

〔註515〕蘇軾：《蘇軾詩集》〈安期生并引〉，卷43，頁2349～2350。

集中凡間美好的希望。蘇軾自比如臥龍，希望帶給百姓生機。

在神仙思想中，隱含一份濟世情懷與照顧民瘼心意。又如〈答海上翁〉云：

> 山翁不復見新詩，疑是河南石壁曦。海水豈容鯨飲盡，然犀
> 何處覓瓊枝。〔註516〕

儋州荒島，認識人不多，但蘇軾卻能融入當地民情。山翁當然不識這位玉堂仙，也未見才學鼎鼎的大學士作品。不禁感慨海水之大，豈能容得了鯨魚飲盡？詩人思及己身棲息，何處覓得傳說中的玉樹瓊枝？詩中以「容鯨飲盡」、「覓瓊枝」傳達己志，希望終朝一日，北歸還朝，再復效命。

蘇軾處逆境，熱愛生活。在平淡框架中，理出真趣。然神仙吟詠的詩作，來自生活題材，他開創新視界，也化纖介細流為無窮逸趣，絲毫「不見老人衰憊之氣」〔註517〕呈現一種精深華妙的藝術美學。

五、北歸洄游期

哲宗元符三年（1100）五月到徽宗建中靖國元年（1101）七月。北歸洄游時期神仙吟詠詩的創作，有十二首。

元符三年（1100）正月，哲宗崩殂，「徽宗皇帝即位，欽聖皇后向氏垂簾。七月，欽聖皇后還政。」〔註518〕徽宗即位，向太后大赦天下，決定復用元祐舊臣。徽宗皇帝初期，詔求直言，徵用敢諫之士，貶謫嶺南的元祐大臣逐漸內遷返朝。蘇軾兄弟亦在其中，流放生涯結束，重獲自由。

五月，大赦，告命下。寫〈歐陽晦夫遺接䍦琴枕，戲作此詩謝之〉，詩云：

〔註516〕蘇軾：《蘇軾詩集》〈答海上翁〉，卷43，頁2350。
〔註517〕蘇轍著，陳宏天、高秀芳點校，《蘇轍集‧欒城後集》〈子瞻和陶淵明詩集引〉（北京：中華書局，1999年7月），卷21，頁1110。
〔註518〕（宋）施宿編撰，四川大學中文系唐宋文學研究室編：《東坡先生年譜》《蘇軾資料彙編‧下編》（北京：中華書局，2004年1月），頁1708。

羽衣鶴氅古仙伯，崟崟兩柱扶霜紈。至今畫像作此服，凜如
退之加渥丹。爾來前輩皆鬼錄，我亦帶脫巾幧寬。〔註519〕

南遷過合浦，遇見梅公聖俞門人歐陽晦夫。歐陽晦夫贈與蘇軾一個接
羅琴枕，以神仙意境來營造此詩。說明歐陽晦夫的裝束就像仙人羽衣
鶴氅般，巍峨俊偉的相貌，穿著潔白細絹的服飾。至今畫像仍是如此
裝扮，更顯顏色紅潤。如今前輩都成仙鬼錄了，詩人只能脫巾顯憔悴
形貌。

　　別海南父老，寫〈儋耳〉，詩云：

霹靂收威暮雨開，獨憑闌檻倚崔嵬。垂天雌霓雲端下，快意
雄風海上來。野老已歌豐歲語，除書欲放逐臣回。殘年飽飯
東坡老，一壑能專萬事灰。〔註520〕

遠謫儋州時，心理適應得宜，表現曠達舒放之懷。但內心仍潛藏北歸
之念，原先謫臣的落寞，是「淒涼百端，顛躓萬狀。恍若醉夢，已無
意于生還。」〔註521〕忽聞朝廷大赦，內心雀躍，寫下這首〈儋耳〉一
詩。寓情於景的筆法，更顯蘇軾晚年詩風的精深華妙。

　　此首採神話色彩，擬用水府之精霹靂、雷電神，收起威厲讓暮雨
放晴，暗示寓意當今聖朝聖君在位，豈會動怒人臣？獨自憑闌遠眺，
雷霆之神息怒，朝政更新。蔽空的雌霓，從天垂降，朝廷新詔命隨著
海上雄風吹送而來。「快意雄風」一詞，吐露心中歡悅。像章惇這般小
人終遭罷黜，新皇有意重啟新政，讓謫臣北歸。詩中難掩喜悅，接續
野老歌頌豐收，對應朝廷讓逐臣北返內遷的好消息。最後，筆法不改
繁華落盡見真淳的灑脫，自言殘年老邁，只要能溫飽，即已足矣。其
他萬事俗務，對他來說已非重要，就隨飛灰湮滅於塵俗中。

　　北歸離儋，經澄邁，瞭望海南山水，寫下〈澄邁驛通潮閣二首〉
其二云：

〔註519〕蘇軾：《蘇軾詩集》〈歐陽晦夫遺接羅琴枕，戲作此詩謝之〉，卷43，
　　　　頁2372。
〔註520〕蘇軾：《蘇軾詩集》〈儋耳〉，卷43，頁2363。
〔註521〕蘇軾：《蘇軾文集》〈移廉州謝上表〉，卷24，頁716。

　　餘生欲老海南村，帝遣巫陽招我魂。杳杳天低鶻沒處，青山
　　一髮是中原。〔註522〕

獲赦北歸本是樁好事，卻打亂「餘生欲老海南村」的想法。蘇軾引用
《楚辭‧招魂》：「帝告巫陽曰：『有人在下，我欲輔之。魂魄離散，汝
筮予之。』巫陽對曰：『掌夢！上帝其難從，若必筮予之，恐後之謝，
不能復用巫陽焉。』乃下招曰：『魂兮歸來！去君之恆幹，何為四方
些？舍君之樂處，而離彼不祥些。』」〔註523〕典故，帶點神話色彩，說
著朝廷就像上帝派遣巫陽，將我招魂歸來，奉詔命內遷北歸。不論是
謫臣或詔命復歸，都是天意使然。筆鋒一轉，結束儋州謫臣心情，以景
寄情寫出對中原故土的眷戀。縱目所望，低飛鶻鳥，隱沒在杳茫的蒼
穹，遠方天際連綿青山，就像是纖細髮絲，興起詩人無盡的思念。

　　六月，發昌化，渡海。寫了〈六月二十日夜渡海〉，詩云：
　　參橫斗轉欲三更，苦雨終風也解晴。雲散月明誰點綴，天容
　　海色本澄清。空餘魯叟乘桴意，粗識軒轅奏樂聲。九死南荒
　　吾不恨，茲游奇絕冠平生。〔註524〕

六月二十日這一夜，夙願以償，渡海北歸。複雜且興奮，道出貶謫情
緒，如今終於撥雲見日。看看眼前參星橫亙銀河，北斗星宿也轉移，
點出所有政治風浪該停歇。朝中羣佞就像雲翳蔽月，雲散月亮清輝。
詩人喜悅的心就像天之容顏、海之本色般地清澈、蔚藍。天容海色是
蘇軾自喻，澄清己志。詩中引用《論語》孔子乘桴浮於海，道不同不
相為謀。現反用其意，收到北歸中原詔命，雖有意寄身江海，欲學孔
子乘桴意，似乎不可能了。又引用《莊子‧天運》云：「帝張咸池之樂
於洞庭之野」〔註525〕讓人想聆聽黃帝在洞庭曠野，演奏咸池的仙樂，

〔註522〕蘇軾：《蘇軾詩集》〈澄邁驛通潮閣二首‧其二〉，卷43，頁2365。
〔註523〕（宋）洪興祖撰：《楚辭補註‧招魂》（臺北：藝文印書館，1981年
　　　　3月），卷9，頁326～327。
〔註524〕蘇軾：《蘇軾詩集》〈六月二十日夜渡海〉，卷43，頁2366～2367。
〔註525〕（清）郭慶藩編，王孝魚整理：《莊子集釋》〈天運第十四〉（臺北：
　　　　木鐸出版社，1988年元月），卷5下，頁501。

現在似乎聽不到。但耳際傳來的海濤，又彷若黃帝仙界的奏樂聲曲，假以神仙色彩，增加神秘氣氛。最後，暢快豪邁地道出「九死南荒吾不恨」。海南孤島謫臣歲月，他不遺恨，應是這生中最奇特冠絕的經歷。詩人放下心中塊壘，苦雨終風解晴，也為自己謫居儋州，做最好的註腳。

　　廉州一路北返，與邵道士相晤於都嶠山，賦詩云：

> 乞得紛紛擾擾身，結茅都嶠與仙鄰。少而寡欲顏常好，老不
> 求名語益真。許邁有妻還學道，陶潛無酒亦從人。相隨十日
> 還歸去，萬劫清游結此因。〔註526〕

都嶠山山峰疊嶂奇美，南北二洞，天造地設，屬道教洞天福地第二十之景，周回百餘里，名寶玄之天。神仙修煉，其處清幽，隔絕一切。蘇軾晚景慕道求道，都與道士交游。此首嚮往邵道士彥肅「結茅都嶠與仙鄰」能在仙山求仙，放下紛擾，淡泊寡欲容貌好，不求功名，道來真切。蘇軾嶺南七年，過著無異於道士般生活，閉息煉氣，靜坐養生，這次會晤邵道士，相隨十日，深感「萬劫清游結此因」。

　　至廣州，與蘇邁、蘇治，孫蘇簞、蘇符相聚，「皇天遣出家，臨老乃學道。北歸為兒子，破戒堪一笑。披雲見天眼，回首失海潦。蠻唱與黎歌，餘音猶杳杳。」〔註527〕臨老學道，北歸為子，好不容易親人聚首。回首顧視謫臣之途，蠻唱與黎歌之餘音，悠遠地封存在記憶匣中。

　　蘇軾重養生，雖不服食外丹，卻習以煉丹煉藥為要。枸杞，有延衰抗老，滋補養氣功效。〈周教授索枸杞，因以詩贈，錄呈廣倅蕭大夫〉一詩，言：

> 鄴侯藏書手不觸，嗟我嗜書終日讀。短檠照字細如毛，怪底
> 眼花懸兩目。扶衰賴有王母杖，名字於今掛仙錄。荒城古塹

〔註526〕蘇軾：《蘇軾詩集》〈送邵道士彥肅還都嶠〉，卷44，頁2389。

〔註527〕蘇軾：《蘇軾詩集》〈將至廣州，用過韻，寄邁迨二子〉，卷44，頁2390。

草露寒，碧葉叢低紅菽粟。春根夏苗秋著子，盡付天隨恥充
腹。蘭傷桂折緣有用，爾獨何損丹其族。贈君慎勿比薏苡，
采之終日不盈掬。外澤中乾非爾儔，斂藏更借秋陽曝。雞壅
桔梗一稱帝，菫也雖尊等臣僕。時復論功不汝遺，異時謹事
東籬菊。〔註528〕

寫出枸杞的滋補肝腎，養肝明目療效。感嘆終日讀書，眼力昏花，
尚仰賴飲食枸杞，否則名字早已掛仙錄。接續，說明枸杞形狀是外澤
中乾，斂藏時需要秋陽曝曬。周教授索枸杞時，告知不必和薏苡相比，
因為終日采擷，是沒有採滿兩手捧起的份量。蘇軾崇道求仙，力求養
命永壽，重養生達到神仙長生不老之境。

北歸至韶州，與李通直同遊南華寺，投宿山水間數日，勸蘇軾何
妨卜居於舒州。〈次韻韶倅李通直二首·其二〉詩云：

青山祇在古城隅，萬里歸來卜築初。會見四山朝鶴駕，更看
三李跨鯨魚。欲從抱朴傳家學，應怪中郎得異書。待我丹成
馭風去，借君瓊佩與霞裾。〔註529〕

舒州青山就在古城一隅，萬里歸來，到此適合修道。環視龍眠山、潛
山、皖山、天柱山等四山，就像是唐代玄同真人李抱朴謁見司命真君：
「歸期千載鶴，春至一來朝。」〔註530〕再看看現況，舒州龍眠三李，
李亮工、李伯時、李元中三人，同年舉進士，以文章顯赫當時，可惜
後來仕進不顯。然蘇軾也想跟著李抱朴得異書學仙。待我煉丹學成後，
即可御風駕雲，乘龍登遐飛天，像仙人佩帶美麗玉飾和霞衣，優遊地
生活在仙山國度。

蘇軾從儋州一路北歸洄游，透過崇道修煉，依恃堅毅意志，認真

〔註528〕蘇軾：《蘇軾詩集》〈周教授索枸杞，因以詩贈，錄呈廣倅蕭大夫〉，
卷44，頁2394～2395。
〔註529〕蘇軾：〈次韻韶倅李通直二首·其二〉，卷44，頁2411。
〔註530〕李隆基〈送玄同真人李抱朴謁潙山仙祠〉：「城闕天中近，蓬瀛海上
遙。歸期千載鶴，春至一來朝。采藥逢三秀，餐霞臥九霄。參同如
有旨，金鼎待君燒。」見（清）彭定求、楊中訥等十人修纂：《全唐
詩》〈明皇帝〉（北京：中華書局，1996年1月），卷3，頁33。

學道修道，保持身心靈平衡，使生命根源永續存在。《素問‧五常政大論》言：「根於中者，命曰神機，神去則機息。」〔註531〕人之生命之所以能存在，根源於體內機能的運轉，必須通過內丹行氣，內觀守靜、存思守一等修真之術，做到「理無不存，則神仙可學也。」〔註532〕而「神仙，特受異氣，稟之自然，若積學所能致。」〔註533〕藉由這些稟之自然的求仙之道，讓詩人謫居流放的心境，是「明月本自明，無心孰為境。」〔註534〕超然以對。「天地之大紀，人神之通應也。」〔註535〕讓天地運行的基本規律，靠著人體內部運轉煉氣的活動，與外界天地變化是一致性的。人神相應，人與自然相合，密切關係連結。

　　今日北歸，「是天佑善人也」〔註536〕的最佳結果。先前謫惠，調適從「不辭長作嶺南人」〔註537〕到「已買白鶴峰，規作終老計。」〔註538〕隨遇而安，豈料謫命再三下詔誥，迫使行腳南遷。到儋州，坦率曠放，呼告云：「他年誰作輿地志，海南萬里真吾鄉。」〔註539〕以及「我本海南民，寄生西蜀州。」〔註540〕融合當地風土。適應環境後，不禁感慨曰：「問翁大庾嶺頭住，曾見南遷幾箇回。」〔註541〕抒發低落情懷。幸好仰賴神仙思想作為支拄，透過修煉方術，煉黃庭內觀功、胎息法、服日月華功等習之，靜養修煉，務使身心靈是最佳狀

〔註531〕戴新民：《素問今釋》（臺北：啟業書局有限公司，1985年2月），頁9。

〔註532〕（宋）張君房輯：《雲笈七籤》〈仙籍理論要記‧神仙可學論〉（北京：齊魯書社，1988年9月），卷93，頁513。

〔註533〕（宋）張君房輯：《雲笈七籤》，卷93，頁513。

〔註534〕蘇軾：《蘇軾詩集》〈和黃秀才鑑空閣〉，卷44，頁2399。

〔註535〕戴新民：《素問今釋》，頁917。

〔註536〕（宋）曾敏行撰：《獨醒雜志》（臺北：藝文印書館，1966年，《百部叢書集成》知不足齋叢書本影印），卷2，頁9。

〔註537〕蘇軾：《蘇軾詩集》〈食荔枝二首并引‧其二〉，卷40，頁2194。

〔註538〕蘇軾：〈遷居并引〉，卷40，頁2195。

〔註539〕蘇軾：《蘇軾詩集》〈吾謫海南，子由雷州，被命即行，了不相知，至梧乃聞其尚在藤也，旦夕當追及，作此詩示之〉，卷41，頁2245。

〔註540〕蘇軾：《蘇軾詩集》〈別海南黎民表〉，卷43，頁2363。

〔註541〕蘇軾：《蘇軾詩集》〈贈嶺上老人〉，卷45，頁2424。

態，以適應不可逆的人、事、物。

接獲北歸詔命，固然歡欣，但因命運未卜。雖聖恩開明，人事仍動盪，令老詩人憂心。北歸途中，經大庾嶺，賦詩言：

> 七年來往我何堪，又試曹溪一勺甘。夢裏似曾遷海外，醉中不覺到江南。波生濯足鳴空澗，霧繞征衣滴翠嵐。誰遣山雞忽驚起，半巖花雨落毿毿。〔註542〕

言北歸複雜心情。七年貶謫嶺南、海南，雖用寬闊胸襟，面對蹇厄，試以神仙思想來修煉，似乎抵不住現實殘酷。七年謫居，對老邁詩人是何等的不堪。爾今再飲中原曹溪一勺，竟如此甘甜！情緒上的轉變，彷若夢裡。似曾遷貶海外，卻又醉醺陶陶的，忽覺回到江南虔州。能生還北歸，眼前佳景似為他洗塵。到溪水濯足，聽澗谷天籟，山嵐雲霧環抱，為他慶賀洗淨征衣。沉浸喜悅中，花雨飄落，驚起山雞飛舞。此首暗指詩人受到驚嚇，從景語穿插情語之境。

蘇軾雖獲自由，然年邁身軀不堪長途舟車跋涉，疲憊摧奪了詩人的健康。聽聞「北方事，有決不可往潁昌近地居者。」〔註543〕朝政又有變數，「行計南北，凡幾變矣。」〔註544〕自己幾經波折且已老邁，不想再碰政事，毅然有定居常州之計。

洄游至廣州，詩人只想歸向寧靜，云：「亦莫事登陟，溪山有何好。安居與我游，閉戶淨灑掃。」〔註545〕行腳不斷地遷徙，已讓老邁詩人疲累，一心企求的學道求仙，煉丹田、除荊棘、生梨棗的煉氣法，似乎漸然褪去。北歸至虔州，作〈乞數珠贈南禪湜老〉，詩云：

> 從君覓數珠，老境仗消遣。未能轉千佛，且從千佛轉。儒生推變化，乾策數大衍。道士守玄牝，龍虎看舒卷。我老安能為，萬劫付一喘。默坐閱塵界，往來八十反。區區我所寄，

〔註542〕蘇軾：《蘇軾詩集》〈過嶺二首・其二〉，卷45，頁2427。
〔註543〕蘇軾：《蘇軾文集》〈與子由弟十首・八〉，卷60，頁1837。
〔註544〕蘇軾：《蘇軾文集》，卷60，頁1837。
〔註545〕蘇軾：《蘇軾詩集》〈將至廣州，用過韻，寄邁迨二子〉，卷44，頁2391。

　　戚縮蠶在繭。適從海上回，蓬萊又清淺。〔註546〕
昔日隨道士守玄牝、煉龍虎鉛汞，重視精血氣力之術。煉閉息功時，
使丹田溫熱，讓腎氣如蒸氣般冉冉上升，飛騰中丹田（即心臟），再
竄升到上丹田泥丸處。如今年紀老邁，無法守住這些煉功方術，只花
了「萬劫」氣力，終究無成，付諸喘氣，無功殆盡。以前煉丹時，是
靜默入定的，調勻氣息、吐納。存思守一，使區區的我，戚縮地寄身
蠶繭裡。今終得北歸，意念紛亂，欲追隨仙人以登蓬萊仙境，似乎達
不到。

　　洄游至虔州，寫了〈次韻江晦叔兼呈器之〉一詩，云：
　　橫空初不跨鵬鼇，但覺胡牀步步高。一枕晝眠春有夢，扁舟
　　夜渡海無濤。歸來又見顛茶陸，多病仍逢止酒陶。笑說南荒
　　底處所，祇今榕葉下庭皋。〔註547〕
劉器之與蘇軾，元祐初期同朝。直至元符末年，嶺南歸來，相遇於途，
寫了這首詩。假以托喻神物丁法，說出兩人交情甚歡。首用神仙筆法，
說劉器之曾經夢見自己飛騰而起，覺得自己與坐牀皆騰於空中，有「步
步高」的仙境幻象。蘇軾渡海北歸，是三更時候，從儋州啟航的。高
興北歸後，仍見昔日嗜茶如顛的好友，現在學學陶潛〈止酒〉詩境，
就像劉器之年少時，飲酒無敵，現年邁多病，已不復飲。北歸後，老
友齊聚，詢問謫居南荒處所，究為如何？只能說虔州以南的榕樹，個
個巨大，可數人合抱，榕樹氣根是上下糾纏，久了固結而起，有的成
榕屏、或成榕山、或為榕洞，無不可者。

　　徽宗建中靖國元年（1101）四月，抵當塗，郭功甫來訪，觀看蘇
軾畫雀有感，呈詩二首。蘇軾次韻此詩，寫〈次韻郭功甫觀予畫雪雀
有感二首〉詩云：
　　早知臭腐即神奇，海北天南總是歸。九萬里風安稅駕，雲鵬
　　今悔不卑飛。

〔註546〕蘇軾：《蘇軾詩集》〈乞數珠贈南禪湜老〉，卷45，頁2432～2433。
〔註547〕蘇軾：《蘇軾詩集》〈次韻江晦叔兼呈器之〉，卷45，頁2446。

可憐倦鳥不知時，空羨騎鯨得所歸。玉局西南天一角，萬人
沙苑看孤飛。〔註548〕

擬以神話色彩和詩，擴大心靈視野，道出自己猶如雲鵬展翅翱翔，安
駕九萬里風。「今悔」、「可憐」、「空羨」、「孤飛」等語，將北歸後不想
再捲入政爭，就以神仙思想劃清界線。心嚮往神仙之境，托喻神物如
雲鵬、大鯨都可隨心所欲地自在翱翔、遨遊八方。蘇軾在此，爭取最
大的真自由，與現實作一區隔。

　　蘇軾因長途舟次，受暑熱褥濕所致，身體日漸虛弱，從幾封信
劄中，視出端倪：寫給蘇伯固的信說：「勞費百端，又到此。長少臥
病，幸而皆愈，僕卒死者六人，可駭。」〔註549〕寫給米芾的信：「兩
日來，疾有增無減。雖遷閩外，風氣稍清，但虛乏不能食，口殆不能
言也。」〔註550〕「某昨日歸臥，遂夜。海外久無此熱，殆不堪懷。」
〔註551〕「某兩日病不能動，口亦不欲言，但困臥爾。」〔註552〕「某
食則脹，不食則羸甚，昨夜通旦不交睫，端坐飼蚊子爾。不知今夕
如何度。」〔註553〕「某昨日飲冷過度，夜暴下，旦復疲甚。食黃蓍
粥甚美。」〔註554〕寫給錢濟明的信：「一夜發熱不可言，齒間出血如
蚯蚓者無數，迨曉乃止，困憊之甚。細察疾狀，專是熱毒，根源不
淺。」〔註555〕「臥病五十日，日以增劇，已頹然待盡矣。兩日始微
有生意，亦未可必也。」〔註556〕「嶺海萬里不死，而歸宿田里，遂
有不起之憂。」〔註557〕與弟轍書簡言：「即死，葬我嵩山下，子為我

〔註548〕蘇軾：《蘇軾詩集》〈次韻郭功甫觀予畫雪雀有感二首〉，卷 45，
　　　　頁 2455。
〔註549〕蘇軾：《蘇軾文集》〈答蘇伯固四首·二〉，卷 57，頁 1741。
〔註550〕蘇軾：《蘇軾文集》〈與米元章二十八首·二十一〉，卷 58，頁 1781。
〔註551〕蘇軾：《蘇軾文集》〈與米元章二十八首·二十二〉，卷 58，頁 1781。
〔註552〕蘇軾：《蘇軾文集》〈與米元章二十八首·二十三〉，卷 58，頁 1782。
〔註553〕蘇軾：《蘇軾文集》〈與米元章二十八首·二十四〉，卷 58，頁 1782。
〔註554〕蘇軾：《蘇軾文集》〈與米元章二十八首·二十六〉，卷 58，頁 1783。
〔註555〕蘇軾：《蘇軾文集》〈與錢濟明十六首·十六〉，卷 53，頁 1556。
〔註556〕蘇軾：《蘇軾文集》〈與徑山維琳二首·一〉，卷 61，頁 1884。
〔註557〕蘇軾：《蘇軾文集》〈與徑山維琳二首·二〉，卷 61，頁 1885。

銘。」〔註 558〕由上述信函考證，蘇軾病況是日已劇烈，舉箸維艱，病情嚴重，於是向朝廷上表「以疾告老于朝，以本官致仕。」〔註 559〕告老歸田，朝廷允之。

《梁溪漫志・東坡嬾版》載云：

> 東坡北歸至儀真得暑疾，止於毗陵顧塘橋孫氏之館，氣寢上逆不能臥。時晉陵邑大夫陸元光獲侍疾臥內，輒所御嬾版以獻，縱橫三尺，傴植以受背，公姝以為使，竟據是版而終。後陸君之子以屬蒼梧胡德輝為之銘曰：參沒易簀，由殣結纓，斃而得正，匪死實生，堂堂東坡，斯文棟梁，以正就木，猶不忍僵，昔我邑長，君先大夫，侍聞夢奠，啟手舉扶，木君戚施，匪屏匪几，詒萬子孫，無曰不祥之器。〔註 560〕

陸元光獲知蘇軾疾遽，氣逆不能臥，將御賜的嬾版以獻，嬾版縱橫三尺，是一種床榻上的靠背。枕靠之，得舒緩不適。

最後，蘇軾作詩寄知廣州朱行中，以廉潔箴之。詩云：

> 舜不作六器，誰知貴璵璠。哀哉楚狂士，抱璞號空山。相如起睨柱，頭璧與俱還。何如鄭子產，有禮國自閑。雖微韓宣子，鄙夫亦辭環。至今不貪寶，凜然照塵寰。〔註 561〕

此詩乃蘇軾北歸時，絕筆之作。蘇軾自註云：「前一日夢作此詩寄朱行中，覺而記之，自不曉所謂，漫寫去，夢中分明用此色紙也。」〔註 562〕蓋蘇軾臨終，夢中作此詩，言其平生所存乎大節。

建中靖國元年（1101）七月十八日，命諸子侍側。二十六日，惟琳來說偈，賦詩，答曰：

> 與君皆丙子，各已三萬日。一日一千偈，電往那容詰。大患

〔註 558〕蘇轍：〈亡兄子瞻端明墓誌銘〉，卷 22，頁 1117。

〔註 559〕（宋）傅藻編，（明）天啟元年刻本，北京圖書館編：《東坡紀年錄》《北京圖書館藏珍本・年譜叢刊》第十九冊（北京：北京圖書館出版社，1999 年 4 月），頁 454。

〔註 560〕（宋）費袞撰：《梁溪漫志》〈東坡嬾版〉（臺北：藝文印書館，1966 年，《百部叢書集成》知不足齋叢書本影印），卷 4，頁 6。

〔註 561〕蘇軾：《蘇軾詩集》〈夢中作寄朱行中〉，卷 45，頁 2458。

〔註 562〕蘇軾：《蘇軾詩集》，卷 45，頁 2458。

緣有身，無身則無疾。平生笑羅什，神呪真浪出。〔註563〕
詩中「大患緣有身，無身則無疾」，蘇軾感悟道家思想，屏除老子「有
身」〔註564〕的自我價值，採無私無我，看待世塵。詩末，引鳩摩羅什
令眾弟子誦之，「口出三番神呪」〔註565〕以免難的事蹟，襯出目前身
疲體虛的狀況。此詩，蓋蘇軾示疾時，惟琳長老以詩偈與之，而和惟
琳長老，「故用羅什將終時事」〔註566〕。傅藻《東坡紀年錄》云：

> 琳問神呪事，索筆書：「昔鳩摩羅什病亟，出西域神呪三番，
> 令弟子誦以免難，不及事而終。」併出一帖云：「某嶺海萬
> 里不死，而歸宿田里，有不起之憂，非命也耶？」蓋絕筆於
> 此。後二日，殆將屬續，而聞觀先離，琳叩耳大聲云：「端
> 明宜勿忘公。」云：「西方不無但箇裏著力不得」。〔註567〕

因「瘴暑相尋，醫不能痊。」〔註568〕蘇軾自知有不起之憂，不到十天
光景，「獨以諸子侍側曰：『吾生無惡，死必不墜，慎無哭泣以怛化。』
問以後事，不答，湛然而逝，實七月丁亥也。」〔註569〕七月二十八
日，蘇軾病殂長逝。徑山惟琳長老叩耳大聲云，勿忘「西方不無但箇
裏著力不得」。在疑、信之間，真信有西方，正好著力。勸蘇軾勿擔憂
罣礙，如同生前灑脫、曠達、自放，圓滿走人生這一遭，逕往仙鄉國
度，盡情享受神仙的逍遙自由。

　　綜論蘇軾神仙吟詠的創作，共計三百二十首。神仙吟詠創作的背
景，和其一生經歷有很大的關係。仕旅足跡、生活哲學引動思想脈絡

〔註563〕蘇軾：《蘇軾詩集》〈答徑山琳長老〉，卷45，頁2459。
〔註564〕《道德經》：「吾所以有大患者，為吾有身，及吾無身，吾有何患？」
　　　　　見陳鼓應註譯：《老子今註今譯》〈十三章〉（臺北：臺灣商務印書館
　　　　　股份有限公司，1997年1月），頁96。
〔註565〕蘇軾：〈答徑山琳長老〉，卷45，頁2459。
〔註566〕蘇軾：〈答徑山琳長老〉，卷45，頁2460。
〔註567〕（宋）傅藻編，（明）天啟元年刻本，北京圖書館編：《東坡紀年錄》
　　　　　《北京圖書館藏珍本·年譜叢刊》第十九冊（北京：北京圖書館出
　　　　　版社，1999年4月），頁455。
〔註568〕蘇轍著，陳宏天、高秀芳點校：《蘇轍集·欒城後集》〈再祭亡兄端
　　　　　明文〉（北京：中華書局，1999年7月），卷20，頁1101。
〔註569〕蘇轍：〈亡兄子瞻端明墓誌銘〉，卷22，頁1126。

及創作動機。年少蘇軾，受其家鄉眉山道教薰冶，神仙思想深植其心，影響日後屢遭橫逆，神仙信仰如曙光，讓他得以沉靜化淡，不為所苦，反轉通達放曠，渡過每一時期艱辛的步履。

當他入閣輔政，理想現實衝突，時不我予之歎，興發乘桴歸去之念，上表自請外任，杭、密、徐、湖外任地方經驗。因政局詭辯，使詩人入世熱誠削減，隱退之心漸顯，唯有神仙的悠遊自在，才能擺脫世俗醜與黑。蘇軾認為神仙是可學致的，熱衷學道好仙，致力養生長命之道。

接續，外任—貶謫—回朝—外任。震盪的波動曲線，起落過程，仍寄託神仙的浩然御風，不知其所止，飄然獨立的逍遙。外任階段，是詩人保全自己最佳選擇，一為遠離紛爭，再者嘗試煉丹養生法。蘇軾深感自己體力漸衰，興發白駒過隙之慨，以學道求仙希望完善調氣導引，使體內元氣時時盈之，保持活力，形神並俱，摒除世俗雜思，達到長生安命的目的。蘇軾鎔鑄了儒釋道思想，開拓在朝任官，以儒家濟世為主；貶謫時，不因物喜己悲，是「任性逍遙，隨緣放曠，但盡凡心，無別勝解。」〔註570〕的一種任真自得，將生命價值回歸到澹泊自然。

貶謫時期，苦難延續，憑誰也無力承受。蘇軾處逆之境化為正能量，寄情自然山水，依憑神仙逍遙，塑成放曠閒適。從黃州「何夜無月，何處無竹柏。」〔註571〕「夫地之間，物各有主，苟非吾之所有，雖一毫而莫取。惟江上之清風，與山間之明月，耳得之而為聲，目遇之而成色，取之無禁，用之不竭，是造物者之無盡藏也。」〔註572〕到惠州「不辭長作嶺南人」〔註573〕、儋州「餘生欲老海南村」〔註574〕，如此安時處逆的情感，度過最艱困的人生階段。

〔註570〕蘇軾：《蘇軾文集》〈與子由弟十首‧三〉，卷60，頁1834。
〔註571〕蘇軾：《蘇軾文集》〈記承天夜遊〉，卷71，頁2260。
〔註572〕蘇軾：《蘇軾文集》〈赤壁賦〉，卷1，頁6。
〔註573〕蘇軾：《蘇軾詩集》〈食荔枝二首并引‧其二〉，卷40，頁2194。
〔註574〕蘇軾：〈澄邁驛通潮閣二首‧其二〉，卷43，頁2365。

　　晚景更是追求平和沖淡，以釋道的神仙思想化開俗事。神仙，既可學致的，那麼修真之術，如專一守一，守靜存思等修煉法，則需務實試煉。將己身視為爐鼎，精氣如藥丸，氣神並俱，存神安形，自然歸返樸真。

　　蘇軾無論任何時期的神仙吟詠之作，鎔鑄儒釋道三教合一精粹，儒家思想使其「奮厲有當世志」〔註575〕勇往直前，關懷民瘼，解決困境。釋道思想讓他善窮處，安之若命。寰宇之闊對比個人微渺，「但盡凡心」〔註576〕而已，做淳然真樸的自我。故蘇軾參採神仙思想，深信長生可學，透過行氣、導引、存思、內觀、守一等內丹術，屏氣凝神，達到「游心虛靜，息慮無為。」〔註577〕的境界，則「百年耆壽是常分也」〔註578〕。蘇軾神仙文學的創作，藉由吟詠神仙之趣，寄託情志或修養存真或滌慮俗念，傳達的是詩人心中神仙的美好與良善。

〔註575〕蘇轍：〈亡兄子瞻端明墓誌銘〉，卷22，頁1117。

〔註576〕蘇軾：〈與子由弟十首‧三〉，卷60，頁1834。

〔註577〕〈養性延命錄并序〉：「夫稟氣含靈，惟人為貴。人所貴者，蓋貴於生。生者神之本，形者神之具。神大用則竭，形大勞則斃。若能游心虛靜，息慮無為，候元氣於子後時，導引於閒室，攝養無虧，兼餌良藥，則百年耆壽是常分也。」見（宋）張君房輯：《雲笈七籤》〈養性延命錄并序〉（北京：齊魯書社，1988年9月），卷32，頁182。

〔註578〕（宋）張君房輯：《雲笈七籤》，卷32，頁182。